KB125816

괴테와 톨스토이

괴테와 톨스토이

— 인문성의 문제에 대한 단상들

토마스 만 지음

신동화 옮김

도서출판 b

| 일러두기 |

1. 본 번역서는 다음 책을 원전으로 삼았다.
   Thomas Mann, *Große kommentierte Frankfurter Ausgabe*, Band
   15.1: *Essays Ⅱ (1914-1926)*, Frankfurt am Main 2002.
2. 번역 과정에서 그 밖에 영어판과 일본어판을 참고했다.
   Thomas Mann, *Goethe and Tolstoy*, in *Essays of Three Decades*
   (Translated by H. T. Lowe-Porter), Alfred A. Knopf, 1947.
   トーマス マン, 『ゲーテとトルストイ』, 山崎章甫・高橋重臣 訳, 岩波文庫,
   1992.
3. 모든 주는 옮긴이 주이다.

• 차 례 •

슈퇴처

우리 세기[1]가 시작될 무렵 바이마르에 한 남자가 살고 있었습니다. 율리우스 슈퇴처Julius Stötzer라는 이름에 교사가 업인 이 남자는 아직 열여섯 살 학생이던 시절에 괴테의 집과 불과 몇 발짝 떨어지지 않은 곳에서 에커만 박사[2]와 한 지붕 아래 지낸 적 있습니다. 노인 괴테가 자기 집 창가에 앉아 있을 때면 이따금 슈퇴처는

---

1. 20세기를 가리킨다.
2. 괴테의 비서를 지낸 요한 페터 에커만(Johann Peter Ecker-mann, 1792~1854)을 가리킨다. 괴테 말년에 함께 지내며 수많은 대화를 나눴고 후에 『괴테와의 대화(Gespräche mit Goethe)』라는 책을 냈다.

같은 집에 지내던 학우 옆에서 두근대는 가슴으로 그 형체의 희미한 빛과 그림자를 알아보고는 했지요. 두 소년은 괴테를 한번 가까이에서 제대로 그리고 자세히 보고픈 넘치는 소망에 사로잡혔습니다. 그리하여 같은 집에 사는 조수 에커만을 찾아가 어떻게든 기회를 마련해 주십사 하고 간절히 청했지요. 에커만은 천성이 친절한 사람이었습니다. 그는 어느 여름날 뒷문을 통해 그 유명한 집의 정원으로 소년들을 들여보내 주었고 두 소년은 조마조마한 마음으로 서서 괴테를 기다렸습니다. 그런데 마침 기절초풍하게도 정말로 괴테가 그리로 왔습니다. 괴테는 그 시각쯤이면 밝은 색 실내복 차림으로 —— 아마 우리가 익히 아는 플란넬 나이트가운이었겠죠 —— 그곳을 산책하곤 했던 겁니다. 소년들을 본 괴테가 그들에게로 다가가 멈춰 섰고 오드콜로뉴 향을 풍기며 물론 뒷짐을 진 채로 아랫입술을 내밀고, 믿을 만한 증언에 따르면 당혹감을 감추려 내세우던 예의 제국도시 법률 고문의 얼굴로 그들 앞에 서서 이름과 용건을 물었습니다. 아마 두 가지를 동시에 물었을 텐데 그런 식이라면 한층 아주 엄격한 느낌을 주기에 제대로 대답하기란 거의 어려운 일이죠. 두 소년이 뭐라 뭐라 더듬거리자 이 노인은 열심히 공부하라고 타일렀습니다. 그 말을 두 소년은 이렇게 알아들었겠죠. 여기서 얼빠진 채로 서 있지 말고 책상에 앉아 숙제나 하라고요. 그리고 괴테는 가던 길을 갔습니다.

그랬습니다. 1828년의 일이었죠. 그로부터 33년이 지나고 어느 날 오후 1시, 그사이 자기 직업에 열성적인 충실한 중등학교 선생이 된 슈퇴처가 막 2학년 수업을 시작하려던 찰나였습니다. 수업을 듣는 한 학생이 문으로 머리를 들이밀고는 웬 낯선 남자가 슈퇴처 선생님을 만나고 싶어 한다고 전했습니다. 그리고 곧 그 낯선 남자가 불쑥 교실로 들어왔습니다. 그는 슈퇴처 선생보다 훨씬 젊었는데, 그다지 덥수룩하지 않은 수염이 얼굴을 덮고 있고 광대뼈가 툭 불거지고 잿빛 눈은 작았으며 어두운색 눈썹 사이에 주름이 몇 줄 패어 있었습니다. 낯선 남자는 신분을 밝히거나 자기소개를 하지도 않고 대뜸 오늘 오후 수업이 뭐냐고 물었습니다. 우선 역사, 이어서 독일어 수업이라고 하자 그는 아주 좋다며 자기는 남독일, 프랑스, 영국의 학교들을 방문했고 이제 북독일 학교에 대해서도 알고 싶다고 했습니다. 그의 말투는 독일인 같았지요. 계속 메모장에 뭔가를 기록하고 관심을 보이면서 전문적인 질문과 발언들을 하는 걸로 미루어 볼 때 이 남자를 교사라 여길 수밖에 없었습니다. 그는 수업을 참관했습니다. 아이들이 작문, 그러니까 어떤 주제에 대한 편지를 공책에 쓰고 나자 낯선 남자는 이 '작문들'을 가져가도 되겠느냐고 물었습니다. 굉장히 흥미롭다면서요. 하지만 슈퇴처는 이 무슨 얼토당토않은 소리냐고 생각했습니다. 공책을 가져가 버리면 아이들은 어쩌라는 말인가? 바이마르는 가난한 도시였으니까요……. 슈퇴처는 이런 뜻을 정중하게 표현했습니다. 그러자 낯선 남자는 방도가 있다고 말하고는 밖으로 나갔습니다. 슈퇴처는 교장 선생님을 교실로 좀 모셔 오라고 했습니다. 뭔가 예사롭지 않은 일이 벌어지고 있다고 전하라고요. 그리고 그가 옳았습니다. 비록 슈퇴처는 자신이 전한 말이 옳았다는 점을 나중에야 비로소 완전히 깨달았지만 말입니다. 왜냐하면 그 낯선 남자가 필기 용지 한 다발을 팔에 끼고 돌아와 교장 선생님과 그에게 이름을 밝혔을 때, 당시 그 자리에서는 슈퇴처에게 대수로운 일이 아니었을 테니까요. 그 남자는 바로 "러시아에서 온 톨스토이 백작"이었습니다. 하지만 슈퇴처 선생은 장수

했기 때문에 그때 자신이 만난 사람이 누구였는지를
알 만한 시간이 있었습니다.

우열 문제

   그러니까 1812년부터 1905년까지 바이마르에 살았
고 그 일이 아니라면 아주 소박한 인생을 보냈을 이
남자는 괴테와 톨스토이, 즉 지금 우리가 다루는 이름을
가진 두 위대한 남자를 개인적으로 만나 봤다는 진기한
특권을 자랑할 수 있었던 것입니다. 그렇습니다, 톨스
토이는 바이마르에 있었습니다! 어린 슈퇴처가 괴테와
담화를 나누던 해에 태어난 서른세 살 레프 니콜라예비
치 백작은 브뤼셀에서 첫째로는 프루동[3]을 만나 소유는

---

3.   피에르 조제프 프루동(Pierre Joseph Proudhon, 1809~1865).

도둑질la propriété le vol이란 깨우침을 얻고, 둘째로는 소설 『폴리쿠슈카Polikuschka』를 쓴 뒤 독일로 와 괴테의 도시를 방문했습니다. 특별한 이방인이자 러시아 공사의 손님으로서 그는 당시 아직 대중에게 개방되지 않은 프라우엔플란Frauenplan[4]의 집에 들어가 보았습니다. 하지만 톨스토이가 훨씬 더 관심을 보인 것은 프뢰벨[5]의 제자가 직접 운영하던 프뢰벨식 유치원이었고 그는 왕성한 지식욕으로 그곳의 교육 체제를 연구했다고 합니다.

여러분은 제가 왜 이런 소소한 이야기들을 늘어놓는지 아마 아실 겁니다. 그건 여러분이 '와'라는 말에 구미가 당기도록 하기 위함입니다. 제 강연의 첫머리에 나오는 이 말을 처음 접하면 틀림없이 의문에 차 눈썹을 치켜세우게 될 테지요. 괴테와 톨스토이라, 지극히 제멋대로고 자의적이고 얼토당토않은 결합이 아닌가? 니체는 우리 독일인이 '와'라는 단어를 특히 무분별하게

무정부주의를 주창한 프랑스 철학자.

4. 괴테의 집이 있는 곳의 지명.
5. 프리드리히 빌헬름 아우구스트 프뢰벨(Friedrich Wilhelm August Fröbel, 1782~1852). 독일의 교육가이자 유치원의 창시자.

사용한다며 비난한 적 있습니다. 니체는 우리가 '쇼펜하우어와 하르트만'[6]이라고 말한다면서 비웃습니다. 또 마찬가지로 '괴테와 실러'라고도 한다고요. 그리고 한 술 더 떠 우리가 '실러와 괴테'라고 할까 심히 염려스럽다고 합니다.[7] —— 쇼펜하우어와 하르트만은 제쳐 두지요. 괴테와 실러를 놓고 보자면, 니체는 극작가이자 도덕주의자인 실러에 대한 지극히 주관적인 혐오 때문에 두 사람의 형제 같은 관계를 부정하는 우를 범하지 말았어야 합니다. 둘에게 내재하는 전형적인 대립성은 그들의 관계를 절대 해치는 법이 없으며 소위 모욕을 받은 쪽[8]이 이 관계의 가장 훌륭한 보호자 역할을 하니 말이죠. 니체가 예의 '와'를 조롱함으로써 어떤 우열 관계를 선언한 것 혹은 그게 자명하다고 가정한 것은

---

6. 에두아르트 폰 하르트만(Eduard von Hartmann, 1842~1906). 독일의 철학자. 무의식의 철학을 주창하며 큰 영향을 미쳤다. 니체에게 많은 비판을 받았다.

7. 니체의 『우상의 황혼(Götzendämmerung)』에 나오는 내용. 프리드리히 니체, 백승영 옮김, 『바그너의 경우·우상의 황혼·안티크리스트·이 사람을 보라·디오니소스 송가·니체 대 바그너』, 책세상, 2002, 155쪽 참조.

8. 니체 주장대로라면 급이 맞지 않는 실러와 부당하게 비교를 당하는 괴테를 가리킨다.

성급한 처사였으며 무엇으로도 정당화할 수 없는 독단이었습니다. 이 우열 관계란 굉장히 논쟁적인, 그렇습니다, 세상에서 가장 논쟁적인 사안이며 앞으로도 그럴 것입니다. 바로 이 문제를 성급하게 결정하는 것은 일반적으로 독일적인 방식이 아닙니다. 독일인은 특히 이 문제에서 한쪽으로 입장을 정하는 일을 본능적으로 피하며 '비구속 방침Politik der freien Hand'[9]을 선호합니다. 앞으로 우리는 이 방침을 엄격히 따르는 게 지당하다는 점을 알게 될 것입니다. 그렇습니다, 저는 바로 이 비구속 방침을 예찬하려고 합니다. 다름 아닌 이 방침이야말로 '괴테와 실러'라는 결합에 있는 연결어의 의미입니다. 여기에서 이 연결어는 자기가 결합하는 것을 우리 의식에 서로 대치시킵니다. 독일인의 고전적이고 포괄적인 에세이, 실은 나머지 전부를 망라하여 불필요한 것으로 만드는 저 에세이의 사유 세계를 —— 소박 문학과 감상感傷 문학에 대한 실러의 논문[10]을

---

9. 원래 국가 간 외교 관계에서 동맹 관계에 매이지 않음으로써 운신의 폭을 넓히고 최대한 이익을 추구하는 정책을 뜻한다.

10. 프리드리히 실러의 「소박 문학과 감상 문학에 대하여(Über naive und sentimentalische Dichtung)」. 실러는 이 논문에서 문학을 크게 두 가지 유형으로 나눈다. 소박 문학이란 자연과 하나인

이르는 것입니다 ── 한 번이라도 접했다면 이 '와'를 몹시 대립적인 뜻으로 여길 수밖에 없습니다. 또 다른 '와', 멀고 낯선 '와'가 그와 비슷한 의미를 가집니다. 톨스토이와 도스토옙스키 사이의 '와'가 그것입니다. 그런데 만약 이 연결어에서 대립시키는 권리를 빼앗고 오로지 본질적 친연성, 본질적 동일성을 확립하는 과제만 허락한다면 어떻게 될까요? 그러면 당장 우리 머릿속에서는 제가 각각 짝지은 위대한 인물들 간에 교환과 자리바꿈이 일어나지 않을까요? 그러면 심오한 정신

상태에서 대상을 사실적으로 모사하는 경향인 반면 감상 문학은 자연과 분열된 상태에서 사색을 통해 대상을 관념적, 이상적으로 표현하려는 경향이다. 정확히 들어맞지는 않지만 이해를 돕기 위해 뭉뚱그려 표현하자면 각각 '자연적 문학'과 '정신적 문학', '직관적 문학'과 '성찰적 문학', '객관적 문학'과 '주관적 문학', '고대 문학'과 '근대 문학' 정도가 되겠다. 이에 따라 소박한 유형의 작가로는 호메로스 같은 고대 작가 그리고 셰익스피어와 괴테를, 감상적 유형의 작가로는 실러와 그 밖의 당대 작가를 들 수 있다. 더 이상 고대 그리스인처럼 자연과 일체감을 느낄 수 없는 근대의 작가는 잃어버린 근원적 자연성을 그리워하는 동시에 성찰과 이념의 표현을 통해 자신의 불완전한 상태를 극복하고자 한다. 이때 실러의 미학 개념인 sentimentalisch는 자연과의 분리, 자기 분열로 인한 애상과 고뇌라는 점에서 기본적으로 '감상(적)'이지만 그것을 극복하려는 반성적인 노력이라는 점에서는 '성찰(적)'의 의미도 포함한다. 이 번역서에서 '감상(적)'이란 표현이 나올 때는 이와 같은 특수성을 염두에 두어야 한다.

적, 아니 그보다는 심오한 **자연적** 이유에서 실러와 도스토옙스키가, 그리고 다른 한편으로는 괴테와 톨스토이가 곧장 서로 가까워지지 않을까요?

그런데 여러분은 아무래도 도무지 탐탁지 않은가 보군요. 본질을 떠나 우열이 있다고 답하시는군요. 그런 대립을 존중하긴 하나 서로 다른 차원에 속하는 것을 병치해서는 안 될 일이라고요. 한 사람은 유럽의 인문주의자이자 확실한 이교도였지만 다른 사람은 동방의 무정부주의적 원시 기독교인이었다는 점은 그냥 넘어가겠다고요. 그러나 단테와 셰익스피어같이 숭고하기 그지없는 이름들과 함께 일컬어지는 독일의 세계적 시인, 우리의 시대인 최근에 자신의 문제적인 삶을 당연하게도 감동적이고 문제적인 방식으로 끝마친 자연주의 소설가, 이 둘을 동시에 놓고 말하는 것은 말도 안 된다, 귀족적 본능을 거스르는 일이다, 몰취미한 일이다, 하고 말입니다.

여러분이 문제 삼지 않고 넘어간 한 사람의 이교성과 다른 사람의 기독교성은 제쳐 둡시다! 아마 이 문제를 다시 논할 때가 올 것입니다. 하지만 여러분이 즐겨 쓰는 표현인 '귀족적 본능'에 관해서는, 곧바로 제 주장을 말씀드리자면, 저는 앞서 제시한 병치를 통해 바로 그와 같은 본능을 거스르지 않을 뿐 아니라 심지어 그것을 찬양하고자 합니다. 우열, 차원이라고요? 이 문제를 다룰 때 관점상의 착오나 다른 착오가 생기지 않는다고 확신하십니까? 투르게네프는 톨스토이에게 보낸 마지막 편지, 그러니까 파리에서 임종을 맞이할 때 쓴 편지에서 신학적 자기 학대로부터 벗어나 예술로, 문학으로 돌아가라고 간청한 적 있습니다. 이 편지에서 그는 톨스토이에게 최초로 '러시아의 대문호'라는 칭호를 부여했습니다. 이 칭호는 이후 톨스토이의 것이 되었으며, 사실상 우리에게 『파우스트*Faust*』와 『빌헬름 마이스터*Wilhelm Meister*』[11]의 작가가 뜻하는 바와 거의 같은 의미를 톨스토이가 그의 조국과 민족에게 가진다는 점을 표현해 주는 듯합니다. 톨스토이 자신에 대해 말하자면, 여러분이 언급한 것처럼 그는 철저한 기독교인이긴 했으나 지나친 겸손병에 걸려서 감히 자기 이름을 신화적인 위대한 이름들과 나란히 세우지

---

11. 『빌헬름 마이스터의 수업시대』와 『빌헬름 마이스터의 편력시대』 이렇게 2부작으로 완성되었다. 뒤에서는 각각 '수업시대'와 '편력시대'로 간단히 언급된다.

않을 만큼 충실한 기독교인은 아니었습니다. 톨스토이는 『전쟁과 평화*Voina i mir*』에 대해 이렇게 말했습니다. "가식적으로 겸손을 떨지 않고 말하건대 이 책은 「일리아드*Iliad*」와 같다." 혹자는 그가 첫 작품 『유년 시절, 소년 시절*Detstvo, Otrochestvo*』[12]에 대해 똑같은 소리를 하는 것을 들었다죠. 이것은 과대망상증일까요? 제가 보기에, 이렇게 말해도 된다면, 그것은 그야말로 순수하고 소박한 진실입니다. "형편없는 놈들이나 겸손한 법이다."라고 괴테는 말했습니다. 이교적인 잠언이지요. 하지만 톨스토이는 이에 동조했습니다. 그가 자기 자신을 보는 시각에는 늘 역사적 위대성이 깃들어 있었습니다. 그는 이미 서른일곱 살 때 쓴 일기에서 자신이 완성했거나 아직 써야 할 작품들을 세계 문학의 가장 유명한 작품들과 같은 반열에 놓았습니다.

즉 권위 있는 판정에 따르면 '러시아의 대문호', 스스로의 평가에 따르면 그 시대의 호메로스. 이게 다가

---

12. 톨스토이의 자전적 소설 3부작 중 첫 두 권에 해당한다. 보통은 세 작품을 하나로 통틀어 '유년 시절, 소년 시절, 청년 시절'로 부르지만 여기서는 원문의 표현에 따라 '유년 시절, 소년 시절'로 옮겼다.

아닙니다. 막심 고리키는 톨스토이 사후에 그를 추억하는 작은 책[13]을 썼습니다. 제가 평가해도 된다면 고리키가 쓴 최고의 책이지요. 이 책의 마지막은 이렇습니다. "그리고 신을 믿지 않는 나는 왠지 모르게 매우 조심스레 그리고 조금 주눅이 들어 그를 바라보았고, 바라보며 생각했다. '이 남자는 신과 같구나.'" —— 신과 같다. 특이하죠! 그 누구도 도스토옙스키를 두고 그런 생각을 하거나 그런 말을 한 적이 없으며, 그 누구도 그런 생각을 하거나 그런 말을 하지는 못했을 것입니다. 사람들은 도스토옙스키를 성자라 불렀습니다. 그리고 이보다 덜 그리스정교적이긴 하지만 어쨌든 기독교적인 의미에서 실러 역시 진심으로 성자라 부를 수 있습니다. 반면 사람들은 괴테와 톨스토이, 이 두 사람이 신과 같다고 느꼈습니다. '올림포스 신'[14]이라는 별칭은 관용어입니다. 하지만 괴테는 세계적으로 유명하고 정신적으로 위엄 있는 노인일 때 비로소 신과 같다고

---

13. 1919년에 나온 『톨스토이에 대한 회상(*Vospominaniya o Tol stom*)』을 가리킨다. 한국에는 영어판을 번역한 책이 나와 있다(막심 고리키, 한은경·강완구 옮김, 『톨스토이와 거닌 날들』, 우물이 있는집, 2002).
14. 괴테를 일컫는 표현.

불린 것이 아니라 사내일 때, 빌란트[15]가 노래하듯 신들의 시선이 가득한 매혹적인 눈을 가진 젊은이일 때 이미 동시대인들로부터 수천 번 그와 같은 속성을 부여받았습니다. 그리고 리머[16]는 예순 살 괴테가 기회가 있을 때마다 그 점을 두고 신랄하게 농을 했으며 이렇게 외쳤다고 이야기합니다. "내게는 신성神性이라는 악마가 있다네! 사람들이 나를 두고 '그는 신과 같아'라고 한다고 해서 그게 나한테 무슨 소용이 있겠는가. 그들은 그저 제멋대로 행동하고 나를 속이는데 말이야. 사람들은 오직 각자 하고 싶은 대로 하게 내버려 두는 자만을 신과 같다고 부른다네." —— 톨스토이의 경우 그는 당연히도 올림포스 신, 그러니까 인문주의적 신이 아니었습니다. 고리키가 말하길 톨스토이는 오히려 "황금빛 보리수 아래 단풍나무 옥좌에 앉아 있는" 일종의 러시아 신이었습니다. 즉 바이마르의 유피테르와는 다른 식이긴 하지만 그럼에도 이교적이었습니다.

---

15. 크리스토프 마르틴 빌란트(Christoph Martin Wieland, 1733~1813). 독일의 시인, 소설가.
16. 프리드리히 빌헬름 리머(Friedrich Wilhelm Riemer, 1774~1845). 괴테의 비서를 지냈다.

왜냐하면 신들이란 이교적이니까요. 왜 그럴까요? 신들은 자연적이기 때문입니다. 우리는 자신이 왜 스피노자주의자인지 알았던 괴테처럼 스피노자주의자가 아니더라도 신과 자연은 하나이고 자연이 부여하는 고귀함은 신적이라고 느낄 수 있으니까요. "인간적인 척도를 훌쩍 넘어서는 그의 개인성은 거의 흉하다고 할 수 있을 정도의 기괴한 현상이다. 그리고 그는 대지가 붙들 수 없는 용사 스비아토고르[17]와 같은 무언가를 지녔다." 고리키가 톨스토이에 대해 한 말입니다. 제가 이 말을 인용하는 것은 우리가 앞서 차원에 대해 이야기했기 때문입니다. 고리키는 가령 이렇게도 말합니다. "그의 안에 있는 무언가가 늘 나로 하여금 이렇게 외치고 싶은 열망을 불러일으킨다. '보라, 이 얼마나 경이로운 인간이 세상에 살고 있는가!' 왜냐하면 그는 아주 보편적이고 첫째가는 인간, 인류를 아우르는 인간이라 할 수 있으니까." —— 이 말을 들으면 누군가가 떠오르지 않습니까?

그렇습니다. 우열 관계, '귀족성의' 문제, 고귀함의

---

17. 키예프 공국의 신화적 영웅.

문제는 우리의 조합에서 전혀 문젯거리가 아닙니다. 이 문제는 다른 인물 배치에서, 그러니까 우리가 성스러운 인간 존재를 끌어와 대립적인 '와'를 통해 신적인 인간 존재와 대치시킬 때, 다시 말해 우리가 '괴테와 실러', '톨스토이와 도스토옙스키'라 말할 때 비로소 문젯거리가 됩니다. 제 말은 그때야 비로소 고귀함의 문제, '무엇이 더 고귀한가? 누가 더 고귀한가?'라는 미적, 도덕적 문제가 생긴다는 것입니다. 우리는 이 문제에 함께 답하지 않을 것입니다. 이 가치 문제는 각자가 자신의 취미에 따라, 혹은 좀 더 무게 있게 표현하자면 자신의 인문성Humanität 개념에 따라 판단하도록 맡겨 두어야 합니다. 물론 그러한 결정을 이끌어내자면 인문성 개념은, 조용히 덧붙이건대, 필연적으로 불완전하고 한쪽으로 치우칠 수밖에 없습니다.

루소

한 남자가 『파우스트』의 작가와 '러시아의 대문호', 이 두 사람을 알았다는 이야기를 들으니 묘한 기분이 들지 않습니까? 왜냐하면 그 둘은 서로 다른 세기의 사람이니까요. 톨스토이의 삶은 19세기의 대부분을 차지합니다.[18] 그는 절대적으로 19세기의 아들이며 특히 예술가로서 그 시대, 그 후반부의 모든 특징을 보여 줍니다. 괴테의 경우에는 18세기가 그를 낳았으며 그의 존재와 교양을 구성하는 중요하고 결정적인 요소

---

18. 톨스토이는 1828년에 태어나 1910년에 죽었다.

들은 18세기의 것입니다.[19] 이 점은 쉽게 증명할 수 있을 겁니다. 하지만 물론 괴테 안에 톨스토이의 세기인 19세기의 요소가 살아 있었던 것과 똑같이 톨스토이 안에 괴테의 세기인 18세기의 요소가 살아 있었다고 말할 수도 있습니다. 톨스토이의 합리적 기독교는 완전히 19세기적인 도스토옙스키의 신화적이고 강력한 종교성보다는 18세기의 이신론理論과 더욱 관련이 있습니다. 기본적으로 인간과 신의 모든 제도를 위태롭게 하는 해체적인 이지력에 뿌리를 둔 톨스토이의 도덕주의는 도스토옙스키의 훨씬 더 심오하고, 또 더 종교적인 도덕주의보다는 18세기의 사회 비판에 가까웠습니다. 그리고 톨스토이의 유토피아적 성향, 문명에 대한 증오, 시골적인 것을 향한 열정, 영혼의 목가적 평화 ──고귀한noble 열정, 바로 귀족의 열정 ── 역시 18세기, 프랑스적인 18세기의 것이라 볼 수 있습니다. 한편 괴테의 경우 만년작인 사회 소설 『빌헬름 마이스터의 편력시대 *Wilhelm Meisters Wanderjahre*』에서 무엇보다 놀라운 점은 19세기의 사회경제적 발전상 전체, 즉 기존

---

19. 괴테는 1749년에 태어나 1832년에 죽었다.

문화 국가 및 농업 국가의 산업화, 기계의 지배, 조직화된 노동자 계급의 대두, 계급 갈등, 민주주의, 사회주의, 미국화 자체와 함께 이러한 변화들로부터 생겨나는 정신적이고 교육적인 귀결들을 선취했다는 것입니다. 여기에서 괴테는 불가사의하고 예언적으로 느껴지지만 실은 그저 더 섬세한 유기체의 표현이자 민감성과 직감력의 결과일 뿐인 직관과 형안과 선견지명을 발휘하지요.

어쨌거나 두 위대한 남자가 속하는 세기를 보면 이들을 동시대인이라 부를 수는 없습니다. 이들은 톨스토이의 출생 연도인 1828년부터 괴테가 사망한 1832년까지 고작 4년 동안만 시대를 공유했습니다. 그럼에도 불구하고 두 사람에게는 최소한 하나의 교양 요소 — 그러니까 현대적이고 첨단에 선 교양 요소(태곳적이고 인간에게 보편적인 교양 요소인 호메로스와 성경은 말할 것도 없고요) — 즉 그들의 영혼과 정신을 구성하는 하나의 요소가 공통되었습니다. 그것은 루소입니다.

"나는 루소를 전부 다 읽었다. 음악 사전을 포함하여 스무 권 전체를. 내가 루소에게 느끼는 것은 감격 그 이상이다. 나는 그를 경배한다. 열다섯 살 때 나는 익숙한 십자가 대신 그의 초상이 있는 메달을 목에 걸고 다녔다. 그의 저작에 있는 몇몇 구절은 내게 너무도 익숙한 나머지 마치 내가 직접 쓴 것만 같았다." 톨스토이가 '고백'에서 한 말입니다. 톨스토이는 분명 괴테보다 더 내밀하고 개인적이고 염려스러운 방식으로 루소주의자였습니다. 이와 달리 괴테는 불우한 장자크의 늘 매력적이지만은 않은 문제들과 인간적인 면에서 전혀 접점이 없었습니다. 그런데 예를 하나 들자면 괴테는 초기 비평에서 이런 의견을 밝혔습니다. "종교적 관계들, 그와 매우 긴밀히 결부된 시민적 관계들, 법이 가하는 압력, 사회적 관계들이 가하는 훨씬 더 큰 압력과 그 밖의 오만 가지들은 그 세련된 사람[루소]과 그 세련된 국민[프랑스 국민]이 결코 자기 자신의 피조물이 되지 못하게 했으며, 자연의 손짓을 마비시켰으며, 개성적 상을 만들 수 있을 모든 특징을 지워버렸다." ── 이는 문학적으로 말하면 '질풍노도Sturm und Drang'[20]이고 보편 정신사적으로 말하면 루소주의이며 여기에는 혁명, 심지어는 무정부주의적 요소가

---

20. 독일에서 계몽주의에 반기를 들고 자유, 해방, 격정, 개성, 천재성 등을 강조한 문학 운동.

섞여 있습니다. 그것은 신을 찾는 톨스토이에게서 종교적이고 원시 기독교적이며 반교양적인 특징을 띠지요. 반면 괴테에게서는 이미 인문주의로의 진입, 교양 및 자기 도야의 개인주의를 엿볼 수 있습니다. 톨스토이라면 비기독교적이고 이기적이라며 그것을 배척했을 테지요. 비록 괴테의 개인주의는 그런 게 아니지만요. 괴테의 개인주의는 인간, 인간성, 인류에 대한 작업을 뜻하며 『편력시대』가 보여 주듯 사회적 세계로 이어지지만요……

교육과 고백

신사 숙녀 여러분, 루소라는 이름을 들으면 연상되는 두 가지가 무엇입니까? 물론 가장 먼저 떠오르는 '자연'은 제외하고요. 그것은 '교육학'과 '자서전'입니다. 왜냐하면 J. J. 루소는 『에밀Emile』과 『고백Les Confessions』의 저자이니까요. 두 요소, 즉 교육학적 요소와 자서전적 요소는 톨스토이와 마찬가지로 괴테에게서도 매우 두드러집니다. 두 사람의 작품과 삶에서 이 두 가지 요소는 결코 제외하고 생각할 수 없습니다. 교육 모티프와 관련하여 저는 오늘 톨스토이를 교육학 분야의 아마추어로 우리의 대화에 바로 등장시켰습니다. 기억하시다시피 그는 여러 해 동안 다른 일은 전혀 하지 않은 채 자신에게 내재하는 모든 열정을 이 영역에 쏟았으며, 이론과 실천 면에서 러시아 국민학교Volksschule의 문제와 녹초가 되도록 씨름했습니다. 괴테가 가장 완전한 의미에서 교육적 인간이었다는 점은 말할 필요가 없습니다. 괴테의 삶에서 가장 거대한 두 개의 기념비, 즉 시의 기념비와 산문의 기념비인 『파우스트』와 『빌헬름 마이스터』는 교육의 시詩이자 인간 도야의 표현입니다. 그리고 『수업시대Lehrjahre』에서는 아직 개인주의적인 자기 형성이 우세하다면 —— 왜냐하면 빌헬름 마이스터는 "이렇게 있는 그대로의 나 자신을 완성시켜 나가는 것, 그것은 내가 어릴 적부터 희미하게나마 품어 왔던 소원이요 의도였다네."[21]라고 말하니까요 —— 『편력시대』에서는 교육 사상이 외부로, 객관의 영역으로, 사회의 영역으로, 그렇습니다, 정치가의 영역으로 향하며, 작품의 중심에는 아시다시피 엄격하고 아름다운 유토피아인 교육주教育州, pädagogische Provinz[22]가

---

21. 요한 볼프강 폰 괴테, 안삼환 옮김, 『빌헬름 마이스터의 수업시대 1』, 민음사, 1999, 445쪽.
22. 일종의 교육 기관이다. 작품에서 빌헬름 마이스터는 아들 펠릭스를

있습니다.

두 번째 모티프인 고백적, 자서전적 모티프 역시
두 사람에게서 쉽게 증명할 수 있습니다. 우리는 괴테가
스스로 밝히지 않았더라도 그의 모든 작품이 그저 "하나
의 거대한 고백의 단편들"[23]이라는 점을 알 수 있을
것입니다. 게다가 괴테는 아우구스티누스[24]와 루소의
'고백'과 함께 세계에서 가장 유명한 자서전인 『시와
진실Dichtung und Wahrheit』을 썼으니까요. 톨스토이 또
한 고백을 집필했습니다. 제가 말하는 건 일단 이 제목을
가진 책입니다. 이 책은 아프리카 성인[25]으로부터 하녀
의 아들인 스트린드베리[26]에까지 이르는 삶과 영혼의
고해라는 거대한 흐름에 절대적으로 속합니다. 하지만
톨스토이가 괴테의 경우처럼 단 한 권의 책으로 자서전
작가인 것은 아닙니다. 그는 청소년 소설 『유년 시절,

이곳에 맡긴다.

23. 괴테의 자서전인 『시와 진실(*Dichtung und Wahrheit*)』 중.

24. 아우렐리우스 아우구스티누스(Aurelius Augustinus, 354~430).
    초기 기독교 사상가.

25. 아우구스티누스를 가리킨다.

26. 아우구스트 스트린드베리(August Strindberg, 1849~1912)는
    자서전적인 작품 『하녀의 아들』을 썼다.

소년 시절』에서 시작해 생애 전 작품을 통틀어 자서전 작가입니다. 위대한 러시아 비평가 메레시콥스키[27]가 "L. 톨스토이의 예술 작품은 근본적으로 오십 년 생애 내내 써 온 한 권의 거대한 일기장, 끝없고 상세한 고해나 다름없다."라 말했을 정도지요. 그렇습니다, 이 비평가는 이렇게 덧붙입니다. "모든 시대와 모든 민족의 문학을 통틀어 톨스토이처럼 자신의 개인적 사생활을 종종 가장 내밀한 면까지 그토록 대범한 솔직함으로 드러내 보인 작가는 아마 두 번 다시 없을 것이다." —— "대범한", 저는 이것이 조금 완곡한 수식어라는 점을 언급해 두겠습니다. 만약 악의를 가진다면 이 유명한 자서전 작가의 솔직함에 다른 수식어, 보다 나쁜 수식어를 붙일 수도 있을 것입니다. 가령 투르게네프가 위대한 작가에게 없어서는 안 된다는 "결점들"에 대해 한번은 반어적으로 말한 것처럼요. 이 말은 분명 모종의 억제, 즉 보통의 경우 응당 요구되는 모종의 부끄러움, 신중함, 정숙함, 검손함이 '결핍'되었다는 뜻입니다. 혹은 긍정적으로 뒤집어 보자면 세상을 향한

---

27.   드미트리 메레시콥스키(Dmitry Merezhkovsky, 1865~1941).
      러시아의 작가, 비평가.

모종의 애정 요구, 그러니까 무조건적인 애정 요구가 지배적이라는 뜻입니다. 자기를 노출하는 과정에서 장점이 노출되든 악덕이 노출되든 마찬가지라는 점에서요. 위대한 작가는 사람들에게 알려지고 사랑받고자 합니다. 알려졌기 때문에 사랑받고자 하고, 혹은 알려졌는데도 사랑받고자 합니다. 이것이 바로 제가 말한 "무조건적인" 애정 요구입니다. 기묘하게도 세상은 이 요구를 인정해 주고 충족시켜 줍니다.

이런 좋은 말이 하나 있습니다. "자기 자신에 대한 사랑은 항상 소설 같은 삶의 시작이다." 여기에 다음과 같이 덧붙일 수 있습니다. 자기 자신에 대한 사랑은 모든 자서전의 시작이기도 하다고요. 왜냐하면 자신의 삶을 기록하고, 자신의 발달 과정을 보여 주고, 자신의 운명을 문학적으로 예찬하고, 동시대와 후세의 관심을 열렬히 요구하려는 한 인간의 충동은 예의 영리한 표현을 따르자면, 삶을 "소설같이" 만드는 —— 주관적인 측면에서는 그 삶을 직접 경험하는 이에게, 하지만 객관적인 측면에서는 다른 이들과 세상에게도 —— 자아감自我感, Ichgefühl의 흔치 않은 활력을 전제하기 때문입니다. 이 "자기 자신에 대한 사랑"은 분명 평범한 '자만'이나

'자기애'와는 뭔가 다른 것, 뭔가 더 강하고 심오하고 생산적인 것입니다. 괴테가 『편력시대』에서 "자기 자신에 대한 경외"라 부르고 최상의 경외라 찬미하는 것이 가장 훌륭한 사례입니다. 그것은 신들의 총아가 자기 자신에 대해 느끼는, 감사와 경외를 동반한 충만감입니다. 다음 시행에서는 이러한 감정이 비길 데 없이 강렬하게 강조됩니다.

> 신들은, 그 무한한 이들은 모든 것을 준다네,
> 자신들의 총아에게 전부 준다네
> 모든 환희, 끝없는 환희를
> 모든 아픔, 끝없는 아픔을, 전부.[28]

그것은 신들의 총아가 스스로 지녔다고 느끼는 드높은 은총과 본질적 고귀함과 위험한 영광의 신비에 대한 소박하고 귀족적인 관심입니다. 그것은 천재가 어떻게 만들어지는지, 모종의 은혜로운 섭리에 따라 행복과 공적功籍이 어떻게 단단히 이어지는지를 아주 내밀한

---

28. 기존 한국어 번역은 요한 볼프강 폰 괴테, 전영애 옮김, 『괴테 시 전집』, 민음사, 2009, 256쪽 참조.

경험을 바탕으로 표현하고자 하는 욕망입니다. 이 욕망이 『시와 진실』을 낳았으며 모든 위대한 자서전에 참으로 영감을 줍니다.

톨스토이는 자신의 청년 시절에 대해 씁니다. "나는 모든 사람에게 알려지고 사랑받고 싶은 욕구를, 내 이름을 말하고 싶은 욕구를 느꼈다. 그러면 모든 이는 이 메시지에서 굉장한 인상을 받고 내 주위로 몰려들어 무언가에 대해 내게 고마워해야 하는 것이다……" 이때는 아주 초기, 그러니까 그가 자신의 예술 작품 가운데 어떤 하나를 구상하기 전이며, 또 새롭고 실천적이고 현세적이고 도그마 없는 종교를 세우려는 생각을 품기 전이었습니다. 일기에 따르면 톨스토이는 스물일곱 살에 벌써 그 생각을 하게 되지요. 톨스토이가 느끼기에 레프 톨스토이라는 이름 자체, 즉 어둠 속에서 힘차게 움직이는 자아를 표현하는 이 공식은 세상을 향한 "메시지"와 다름없어야 했으며, 세상은 이 메시지를 통해 일단은 불확실한 이유에서 굉장한 인상을 받고 고마워하며 그의 주위로 몰려들어야 했습니다. 훨씬 뒤인 1883년, 톨스토이가 친한 화가로 하여금 작업 중인 자신의 모습, 글 쓰는 자세를 취한 모습을 초상화로 그리게 하던 무렵입니다. 톨스토이는 어느 날 또 다른 친구이자 숭배자인 전직 장교 체르트코프에게 새로운 고백인 『나의 신앙은 무엇에 있는가? *V chem moya vera?*』의 원고 일부를 읽어 줍니다. 그가 기독교적 관점에서 군복무를 절대적으로 비난하는 대목을 읽자 체르트코프는 너무도 좋아합니다. 그래서 더 이상 내용이 귀에 들어오지 않고 이어지는 구절들을 그냥 흘려보내죠. 톨스토이가 갑자기 자기 자신의 이름을 또박또박 읽는 소리를 듣는 순간 비로소 체르트코프는 혼자만의 생각에서 깨어납니다. 톨스토이는 마지막 부분에 이르렀고 글 아래 자리한 서명을 체르트코프의 말마따나 "아주 또박또박" 읽습니다. "레프 톨스토이."

괴테는 한번은 자기 이름을 가지고 시적인 장난을 친 적이 있습니다. 이 장난은 늘 저에게 아주 묘하고 깊은 감명을 줍니다. 여러분은 『서동 시집 *West-östlicher Divan*』에서 괴테가 마리아네-줄라이카[29]의 연인으로서 자기 자신을 위해 하템이란 가명을 선택했다는 것을 기억하실 겁니다. 더없이 행복한 자아의 충만감에서

---

29. 마리아네는 괴테의 애인이었던 마리아네 폰 빌레머를 가리키고 줄라이카는 『서동 시집』에서 하템의 애인으로 등장한다.

비롯한 선택이죠. 왜냐하면 하템은 '가장 넉넉하게 주는 자이자 받는 자'를 뜻하기 때문입니다. 『서동 시집』에 실린 한 편의 훌륭한 시에서 괴테는 이 이름을 한 단어와 호응시킵니다. 시의 구조에 따르면 하템이라 는 이름이 그 단어와 운이 맞아야 하지만 대신에 다른 이름, 즉 괴테의 실제 이름이 그 단어와 운이 맞습니다. 그리하여 독자나 청자는 머릿속에서 괴테의 이름을 그 자리에 놓을 수밖에 없죠. 이미 백발이 된 연인이 젊은 애인에게 말합니다.

> 단지 이 마음만은 변함없이
> 활짝 핀 청춘처럼 피어오르고
> 눈과 안개를 덮고 있어도
> 그대 위해 애트나 화산처럼 끓어오른다오.
> 산봉우리 험한 암벽에 비치는
> 아침 여명처럼 그대는 수줍어하는구려.
> 그리하여 **하템**은 다시 한 번
> 봄의 입김과 여름의 불꽃을 느낀다오.[30]

---

30. 요한 볼프강 폰 괴테, 김용민 옮김, 『서동 시집』, 민음사, 2007, 218쪽에서 인용.

Nur dies Herz es ist von Dauer,

Schwillt in jugendlichstem Flor;

Unter Schnee und Nebelschauer

Rast ein Ätna dir hervor.

Du beschämst wie Morgenröte

Jener Gipfel ernste Wand,

Und noch einmal fühlet Hatem

Frühlingshauch und Sommerbrand.

'그리하여 괴테^{Goethe}는 다시 한 번 ——'.[31] 이런 인상 깊은 장난질로 어긋나는 운율 탓에 하템이라는 이름은 슬쩍 바꿔치기한 것으로 부인되고 자서전적 요소가 동방의 가장무도회를 뚫고 들어옵니다. 그리고 신과 인간의 축복을 받은 괴테 자신의 이름은 읽는 눈과 청각이 모순되기에 더더욱 선명하게 두드러집니다. 감각 세계가 선사하는 가장 아름다운 것, 바로 아침놀과

---

31. 원래는 5행 끝의 Morgenröte(아침놀)와 7행 끝의 단어가 각운을 이루는 것이 구조상 맞다. 따라서 이 시의 독자나 청자는 자연히 Hatem(하템) 대신 Goethe(괴테)를 떠올리게 된다.

운이 맞으며 그 광채를 받는 것은 괴테의 이름입니다.

신들의 총아가 자기 자신에게서 느끼는, 감사와 경외심을 동반한 충만감이라는 의미에서 이를 '자만'이라 불러도 될까요? 일생 동안 괴테는 자기 자신에 대한 만족을 금기시할지도 모를 점잔 빼는 태도에 반대했습니다. 그는 자기 자신에게 만족할 하등의 이유가 없는 자들이나 점잔을 뺀다는 뜻을 암시한 적 있습니다. 심지어 그는 평범한 허영심도 공개적으로 옹호했습니다. 허영심을 억누르면 사회가 몰락한다고요. 그러고 덧붙이길 허영심 있는 사람은 절대 상스러울 수 없다고 했습니다. 정말이지 자기애를 인간에 대한 사랑과 분리할 수 있겠습니까?

그녀가 내게 넘쳐 나는 사랑을 주면
나는 비로소 가치 있는 존재가 되고
그녀가 내게서 몸을 돌리면
나는 순식간에 나를 잃어버린다오.[32]

---

32. 『서동 시집』, 212쪽에서 인용.

그리고 명성을 향한 젊은 톨스토이의 꿈, "알려지고 사랑받으려는" 소망은 세상이라는 거대한 타자에 대한 사랑의 증거가 아닐까요? 자기애와 세상에 대한 사랑은 심리학적으로 결코 떼어 놓을 수 없습니다. 그러므로 사랑이 본디 이기적인 감정이라기보다는 이타적인 감정이 아닌가라는 오랜 물음보다 더 쓸데없는 물음은 없습니다. 이기주의와 이타주의의 대립은 사랑 속에서 완전히 지양되어 있습니다.

이는 자서전적 충동이 딜레탕트적 과오로 증명되는 경우가 거의 없다는 점, 자서전적 충동이 그 정당성을 자기 안에 내포하는 듯 보인다는 점과 관련이 있을 것입니다. 일반적으로 말해 재능Begabung이란 까다롭고 어려운 개념입니다. 재능이란 누군가가 무엇을 할 수 있느냐 없느냐의 문제가 아니라 누군가가 무엇인가 아닌가의 문제입니다. 그렇기에 우리는 재능이 다름 아닌 운명적 능력이라 말할 수 있을 겁니다. 그런데 누구의 삶이 운명의 존엄을 지니고 있는 걸까요? 지성과 감성이 있으면 모든 삶으로부터 무엇이든 만들 수 있고, 모든 삶으로부터 한 편의 '소설'을 만들 수 있습니다. 많은 경우 자기기만에 근거하는 순수하게 시적인 충동과 달리 자서전적 충동은 일정 정도의 지성과 감성을 이미 전제하는 것 같습니다. 지성과 감성이 이 충동을 애초부터 정당화하기에 자서전적 충동은 생산성을 발휘하기만 하면 우리의 공감을 확보할 수 있지요. 제가 자서전적 충동의 근원인 "자기 자신에 대한 사랑"이 세상으로부터 인정받고 공유되곤 한다고 말한 것은 이런 이유에서입니다.

미숙함

"보라, 이 얼마나 경이로운 인간이 세상에 살고 있는 가!" 고리키가 톨스토이를 보며 속으로 외친 이 말. 모든 자서전은 세상을 움직여 이 말을 외치도록 만들려하며 실제로도 항상 그리하고 있습니다. 왜냐하면 모든 인간은 경이롭기 때문이죠. 지성과 감성이 있으면 모든 인생이 흥미롭고 매력적이라 입증할 수 있습니다. 불우한 J. J. 루소 역시 사람들이 일반적으로 생각하는 '총아'는 아니었습니다. 이 프랑스 혁명의 아버지는 불우한 사람이었고, 반쯤 혹은 사분의 삼쯤 미친 사람이 었으며, 종국에는 아마 자살자이기도 했습니다.[33] 그리고 『고백』이 묘사하듯 감성과 방광염이 섞인 모습은 순수하게 미학적으로 볼 때 모든 이의 취향에 맞는 것은 전혀 아니었습니다. 그럼에도 불구하고 그의 자기 노출이 포함하는 그리고 제기하는 애정 요구는 숱한 눈물을 자아내며 아주 많이 인정을 받았습니다. 그래서 이 가련한 장자크를 실로 많은 사랑을 받는 자, 비앙에메 bien-aimé라 칭할 수 있을 정도죠. 루소가 이렇듯 전 세계를 아우르는 감정의 성공을 거둔 것은 **자연과의** 유대 관계 덕입니다. 약간 일방적인 유대 관계다, 이렇게 덧붙일 수밖에 없죠. 왜냐하면 이 천재성 넘치는 반半바보이자 세계를 뒤흔든 노출증자는 만물의 어머니의 총아라기보다는 의붓자식이며, 자연적 총애와 혜택을 받은 행운아라기보다는 타고난 불행아이기 때문입니다. 루소가 자연과 맺는 관계는 가장 완전한 의미에서 감상적sentimentalisch이었으며 그의 삶을 그린 소설이 세상에 몰고 온 것은 감상주의Sentimentalismus[34]의 큰 물결이었습니다. 그것은 감상성Sentimentali

---

33. 루소 사후에 그가 자살했다는 소문이 돌기도 했다.
34. 18세기 후반 유럽에서 고전주의와 계몽주의에 대한 반작용으로 개인의 내면성과 감정을 강조한 문예 경향을 가리킨다.

tät의 물결이라고까지도 말할 수 있을 겁니다.

'가련한 장자크'. 때때로 '신적이다', '신과 같다'고 칭해지는 두 남자를 이런 식으로 말하지는 않죠. 우리가 확인했듯 두 사람에게서는 루소의 본질을 이루는 중요한 요소가 반복되지만요. 왜냐하면 그들은 감상적이지 않았기 때문입니다. 그들에게는 자연을 동경할 이유가 거의 없었습니다. 그들 자신이 자연이었지요. 그들이 자연과 맺은 유대 관계는 루소의 경우처럼 일방적이지 않았습니다. 혹은 만약 일방적이라 치더라도 거꾸로, 반대로 일방적이었습니다. 그 총아들을 사랑하고 붙든 쪽은 자연이었습니다. 그리고 그들 편에서는 말하자면 자연에서, 자연적인 것의 답답함과 구속으로부터 벗어나려 애썼습니다. 이때 두 사람이 거둔 성공은 서로 다르다고 말할 수밖에 없습니다. 두 사람을 각각 따로 두고 보아도 그렇고 둘을 서로 비교해도 그렇고요. 괴테는 이렇게 고백합니다. "나는 오만 가지 생각을 하며 다시 어린아이가 되어 버렸습니다. 나도 모르는 새에, 나 자신에 대해 깜깜인 채로."[35] 그리고 지고의

---

35. 괴테가 샤를로테 폰 슈타인에게 보낸 편지 중.

자유를 노래하는 자, 실러에게는 이렇게 씁니다. "당신이 함께하는 것이 저에게 얼마나 큰 이득일지를 곧 아시게 될 겁니다. 당신이 저와 더 가까이 알게 되면 제게서 스스로 통제할 수 없는 일종의 어두움과 망설임을 발견할 테니 말입니다." 좌우간 우리는 리머가 굉장히 멋지게 표현한 것처럼 "자연의 어두운 산물인 상태에서 벗어나 자기 자신, 즉 이성의 명료한 산물이 되고 그럼으로써 존재의 사명과 의무를 다하려는" 괴테의 고도로 인문적인 노력이, 고리키가 말하듯 자신의 삶을 "우리 축복받은 아버지 보야르[36] 레프의 성스러운 삶으로 변화"시키려는 레프 니콜라예비치 톨스토이의 시도보다 더 순수한 성공의 영예를 누렸다고 판정할 수 있습니다. 신성의 경지에 이를 만큼 자연의 사랑을 받는 인간이자 예술가의 그러한 자기 그리스도화 및 자기 시성諡聖 과정은 정말이지 미숙한 정신화 시도였습니다. 또한 톨스토이의 시도는 앵글로색슨인들에게서 큰 대중적 성공을 거뒀음에도 불구하고 괴테의 고상한 노력과 비교할 때 보는 이를 기쁘게 하기보다는 고통스

---

36. 러시아의 최상위 귀족.

럽게 합니다. 왜냐하면 자연과 문화, 이 둘은 반대되는 것이 아니니까요. 후자는 전자를 고상하게 만드는 것이지 부정하는 것이 아닙니다. 그러나 자기를 고상하게 만드는 게 아니라 자기를 부정하는 것이 톨스토이의 방식이었습니다. 그리고 자기 부정은 가장 부끄러운 형태의 허위입니다. 물론 괴테가 어떤 문화 단계에서 자신의 「괴츠Götz」[37]를 "버릇없는 소년"의 작품이라 부른 것은 사실입니다. 하지만 그는 절대 자기 자신의 창조물을 늙어 가는 톨스토이처럼 비참하고 유치하게 욕한 적이 없습니다. 톨스토이는 그의 가장 생기발랄한 청춘의 힘이 낳은 작품인 『유년 시절, 소년 시절』을 쓴 일을 "유감으로 여겼"습니다. 이 책이 아주 나쁘고, 아주 부정직하고, 아주 문학적이고, 아주 죄악으로 가득하다고요. 또 "온갖 예술적인 허튼소리"를 싸잡아 말하면서 그것이 "나의 열두 권짜리 작품집을 채우고 있고 우리 시대의 사람들이 그것에 마땅치 않은 의미를 부여한다"고요. 이게 바로 제가 말하는 허위적인 자기

---

37. 괴테가 젊은 시절 쓴 희곡인 「강철 손을 가진 괴츠 폰 베를리힝엔 (Götz von Berlichingen mit der eisernen Hand)」을 가리킨다. 이 작품은 질풍노도의 대표작으로 꼽힌다.

부정이자 미숙한 정신화입니다. 하지만 톨스토이는 단지 자신의 말로서 자기를 부정할 수 있었을 뿐, 자신의 침묵하는 존재를 통해서도 자기를 부정하지는 못했습니다. 그리하여 고리키는 "노회한" 미소를 띠고 혈관이 불룩불룩 튀어나온 창조자의 손을 가진 이 족장을 보고 속으로 생각한 것입니다. "이 남자는 신과 같구나."

순례지

바이마르와 야스나야 폴랴나. 오늘날 이 두 곳처럼 힘을 발산하는 장소는 세상에 없습니다. 19세기 초와 20세기 초에 두 곳이 그랬던 것처럼 사람들의 동경, 막연한 희망, 존경 욕구가 순례하는 강력한 은총의 성지는 없습니다. 우리는 괴테의 바이마르 궁정 생활에 대한 여러 묘사를 접할 수 있습니다. 더 이상 특정 작품들의 작가가 아닌 삶의 영주로서, 유럽 문화와 문명과 인간성의 최고 대표자로서 비서진과 고위 보좌진, 헌신적인 친구들에게 둘러싸인 괴테는 훈장으로 빛나는 지체 높은 관직에 앉아 있었습니다. 이 직위는 세상이 그에게 부과한 것이었으며 괴테는 자신의 위대성의 비밀과 심연을 그 뒤에 숨기고 있었지요. 괴테는 자신에게 몰려드는 문명화된 인류, 영주, 예술가, 청년, 소박한 사람들의 물결을 견뎌 냈습니다. 이들은 그를 볼 수 있었다는 것을 남은 인생의 영광으로 삼았을 테지요……. 비록 대부분의 경우 그 엄청난 순간은 싸늘한 실망감으로 바뀌었을 테지만요. —— 1900년경예의 러시아 마을은 말하자면 이와 완전히 비슷하게 선회점이자 중심 그리고 세계를 끌어당기는 힘을 가진 순례지가 되었습니다. 순례자들의 물결은 더욱 다채로웠고 더욱 다양한 나라의 사람이 뒤섞여 있었습니다. 그사이 통신이 발달하고 세계는 더 넓어졌으니까요. 남아프라카인, 미국인, 일본인, 오스트레일리아인과 말레이 군도인, 시베리아의 망명자, 인도의 브라만과 전 유럽의 국민, 학자, 시인과 예술가, 정치인, 총독, 의원, 대학생, 군인, 노동자, 농부, 프랑스 정치가, 모든 나라에서 온 모든 유형의 기자 그리고 또 청년들, 전 세계의 청년들. 한 러시아 작가는 이렇게 말합니다. "진심 어린 인사와 함께, 호감을 주는 말과 함께, 번민을 일으키는 문제와 함께 그를 찾아오지 않는 사람이 누가 있겠는가?" 그리고 톨스토이의 전기 작가 비류코프[38]는 "그들 모두는 이 마을을 방문한 다음 집에 돌아가서는 그곳에 사는 노예언자의 말과 생각이 얼마나 위대한지 이야기했다."라고 말합니다.

위대한 말과 생각 —— 그럼요, 아무렴요. 이 예언자가 내놓은 말과 생각은 아마 항상 특별히 위대한 것은 아니었을 겁니다. 자신을 예방한 사람들에게 순전히 당혹감 때문에 위대한 말을 하곤 했던 괴테처럼 말입니다. 그런데 사람들이 정말로 위대한 말과 생각을 들으러 바이마르와 밝은 숲속의 초지[39]로 찾아온 걸까요? 오히려 더 심원하고 근본적인 요구에 이끌려 그리로 온 건 아닐까요? 방문자들에게 축복을 약속하는 그런 변두리 땅이 가진 세계를 끌어당기는 힘이 결코 정신적인 것이 아니라 다른 어떤 것, 제게는 다시 이 단어만이 떠오르는군요, 근원적인 것이라고 한다면 필시 무슨 그런 신비주의적인 소리를 하느냐며 나무람을 들을 테지요. 괴테와 관련해서 저는 빌헬름 폰 훔볼트[40]를

---

38. 파벨 이바노비치 비류코프(Pawel Iwanowitsch Birjukow, 18 60~1931).

39. 야스나야 폴랴나를 가리킨다.

증인으로 세우려 합니다. 훔볼트는 이 거장이 죽고 며칠 후에 이야기하길 이 사람이 흡사 전연 의도 없이, 무의식적으로, 그저 그의 **존재**를 통해 그토록 강력한 영향력을 행사한 것이 기이하다고 했습니다. 그는 말합니다. "하지만 그것은 사상가이자 작가로서 그의 정신적 창조와 **분리되어 있다**. 그것은 그의 위대하고 유일무이한 개인성 때문이다." 아주 좋습니다. 하지만 "개인성"이란 표현은 기본적으로 규정과 명명에서 벗어나는 무언가를 지칭하기 위한 임시방편입니다. 개인성은 정신과 직접적으로 관련이 없으며 문화와도 마찬가지입니다. 이 개념과 함께할 때 우리는 합리성의 영역 밖에 있으며 신비적이고 근본적인 영역, 즉 **자연적인** 영역으로 들어가게 됩니다. '위대한 자연' —— 이는 사람들이 예의 세계를 끌어당기는 힘을 발산하는 곳에 대한 공식과 암호를 찾을 때 사용하곤 하는 또 다른 말입니다. 그런데 자연은 정신이 아닙니다. 그 둘은 제 생각에 심지어 극과 극입니다! 고리키는 톨스토이의 기독교적, 불교적, 중국적인 인생철학을 믿지 않았을

---

40. 빌헬름 폰 훔볼트(Wilhelm von Humboldt, 1767~1835). 독일의 철학자, 언어학자, 정치가.

뿐더러, 이는 더욱 시사하는 바가 큰데, 톨스토이가 그것을 믿었다고도 생각하지 않았습니다. 그럼에도 불구하고 고리키는 톨스토이를 보고 경탄에 차 생각했습니다. "이 남자는 신과 같구나!" 고리키로 하여금 속으로 그렇게 외치게 만든 것은 정신이 아니라 자연이 었습니다. 또한 바이마르 그리고 '밝은 숲속의 초지'라 불리는 마을을 향했던 순례자 행렬이 활력과 생기를 얻기 위해 어렴풋이 바란 것은 정신이 아니었습니다. 그들이 바란 것은 큰 생명력, 축복받은 인간 자연Menschennatur, 신의 귀족적인 총아를 보고 접촉하는 일이었습니다. 왜냐하면 사람들은 자신이 왜 스피노자주의자인지 알았던 괴테처럼 스피노자주의자가 아니더라도 신의 총아인 자연의 총아에게 경의를 표할 수 있으니까요.

배우 프리더리히의 예에서 알 수 있는 것처럼 실러는 이미 심한 고통을 겪으면서도 방문객들을 보다 친절하고 인간적으로 대했습니다. 프리더리히의 말에 따르면 그는 프라우엔플란에서의 접견[41]에서 "도덕적 감기"와

---

41. 괴테와의 만남을 뜻한다.

같은 것에 걸린 후에 "보다 위안을 얻고 그 훌륭한 작가[실러]와 헤어졌"습니다. 프리더리히는 이렇게 이야기합니다. "괴테의 전체적인 모습은 딱딱하고 정연해 보였다. 나는 그의 얼굴에서 『젊은 베르터의 고뇌*Die Leiden des jungen Werthers*』 혹은 『빌헬름 마이스터의 수업시대』를 쓴 풍부한 감정의 저자를 엿볼 수 있을 어떤 특성을 찾아보았으나 허사였다……. 나는 괴테에게 기꺼이 이런 말도 했을 것이다. '뭐 이런 딱딱한 놈이 있나. 당신은 절대 『빌헬름 마이스터의 수업시대』를 썼을 리 없어.' 하지만 그 말을 삼켜 버렸다." 이 에피소드는 고리키와 함께 야스나야 폴랴나를 떠나던 모스크바의 건실한 남자를 연상시킵니다. 이 남자는 오래도록 숨을 가라앉히지 못한 채로 그저 애처롭게 웃고 어안이 벙벙하여 말합니다. "그래요, 그래. 실망스러웠습니다. 그는 엄격한 사람이에요……. 휴! 나는 그가 정말로 무정부주의자라고 생각했는데!" —— 어쩌면, 심지어는 있을 법한 일인데, 그가 만약 차라리 도스토옙스키를 방문했더라면 이 인물이 '더 무정부주의적'이라고, 다시 말해 덜 '엄격'하다고 생각했을 것이고, 저 선량한 프리더리히가 "훌륭한" 실러와 헤어졌을 때처럼, 프리더리히는 실러의 앞에서 낭독을 할 수 있었죠, 보다 위안을 얻고 헤어졌을 것입니다. 하지만 실러도 그렇고 도스토옙스키도 그렇고 그들의 천재성은 어떤 변두리 땅을 강력한 은총의 성지로 만들지 않았습니다. 그들은 그럴 만큼 충분히 늙지도 않았고 일찍 죽었으며 괴테와 톨스토이와 같은 족장의 나이에 이르지 못했습니다. 자연은 실러와 도스토옙스키에게 고령의 존엄과 신성을 불허했습니다. 자연은 그들이 삶의 모든 단계에서 특별한 생산력을 발휘하고 완전하고 고전적인 삶을 수행하도록 허락해 주지 않았습니다. 우리는 다시금 이렇게 말할 수밖에 없습니다. 고령의 존엄은 정신과 아무런 관련이 없다고요. 물론 어떤 노인이 어리석고 평범할 수 있지만 그 점이 이 노인의 백발과 주름살을 종교적으로 경건하게 바라보는 일을 방해하지는 않습니다. 그것은 노년이 부여하는 자연적 귀족성입니다. 하지만 '자연적 귀족성', 이 표현은 유의어 반복 같습니다. 귀족이란 항상 자연적이며, '귀족이 되는' 법은 없습니다. '귀족이 된다'는 건 터무니없는 말입니다. 귀족은 핏줄에 의해, 태어나면서부터 귀족입니다. 즉 귀족성은 육체적인 것이고 모든 귀족은 항상

── 정신이 아니라── 육체를 무엇보다 중시했습니다. 이 점은 언제나 모든 인간 귀족 고유의 특징이던 모종의 잔인성과 관련이 있을 것입니다. 그리고 이따금 괴테가 자신의 활력, 자신의 강건함을 내세우며 보이던 이교적이고 영웅적인 자만에는 어느 정도 잔인한 면도 있지 않습니까?── 가령 여든한 살 괴테는 소레[42]에게 이렇게 말했습니다. "죄머링[43]이 죽었어. 고작 일흔다섯 살도 안 되어서 말이야. 그런데 사람들은 그것보다 오래 버텨낼 담력이 없으니 이 얼마나 형편없느냐 말일세! 그래서 나는 내 친구 벤담,[44] 그 굉장히 극단적인 바보를 칭찬하는 바이네. 그는 나보다 몇 주 일찍 태어났는데도 정정하니 말이야."

---

42. 프레데릭 소레(Frédéric Soret, 1795~1865). 스위스 출신 학자.

43. 자무엘 토마스 폰 죄머링(Samuel Thomas von Sömmerring, 1755~1830). 독일의 해부학자, 인류학자, 발명가.

44. 제러미 벤담(Jeremy Bentham, 1748~1832). 영국의 철학자, 법학자.

병

다시 실러와 도스토옙스키로 돌아오자면 이 두 사람은 고령의 귀족성을 누리지 못했습니다. 그들은 비교적 젊어서 죽었습니다. 왜 그랬을까요? 뭐, 병약했으니까요. 잘 알려졌다시피 두 사람 모두 병이 있었습니다. 한 사람은 폐결핵을 앓았고 다른 한 사람은 간질을 앓았죠. 여기에서 두 가지 질문을 던지겠습니다. 우리는 병이 이 두 사람의 본성 깊숙이 자리 잡고 있는 무언가라고, 그런 인물형에 필연적이고 특징적으로 딸린 것이라고 느끼지 않습니까? 그리고 또 한 가지, 두 사람의 경우에는 병이 —— 앞서 이야기한 자기 충만감과 "자기 자신에 대한 사랑"이라는 자서전적 귀족주의와 매우 구분되는—— 귀족성과 고귀함을 낳거나 표현하는 것처럼 보이지 않습니까? 그들의 인간성, 그렇습니다, 그 인간성을 완전히 다른 식으로 심화하고 고양하고 강화하는 귀족성 말입니다. 그리하여 우리가 실러와 도스토옙스키를 보면 병이 바로 고상한 인류의 귀족적 속성으로 여겨지는 것이죠. 아무래도 '자연적 귀족성'이란 말은 유의어 반복이 아닌 듯합니다. 자연이 자신의 총아에게 선사하는 고귀함과 다른 또 하나의 고귀함이 존재합니다. 인간적인 것에는 두 가지의 고양과 상승이 있는 것 같습니다. 하나는 신적인 것으로의 고양과 상승으로, 여기에서는 자연의 덕을 입습니다. 다른 하나는 성스러운 것을 향한 고양과 상승으로, 이 경우 자연과 대립하는 다른 힘, 즉 자연으로부터의 해방이자 자연에 대한 영원한 봉기를 뜻하는 다른 힘의 덕을 입습니다. 그리고 어느 귀족성이 보다 우월한가, 인간적인 것을 어느 방식으로 고양하는 게 보다 고귀한가 하는 문제가 제가 "귀족성의 문제"라 일컬은 것입니다.

여기에서 병의 철학을 조금 논하는 것이 좋겠군요.

병
····
57

필요한 범위 안에서요. 병은 이중의 얼굴을 가지고 있으며, 인간적인 것 그리고 그 존엄과 이중의 관계를 맺고 있습니다. 한편으로 병은 인간의 존엄에 대해 적대적입니다. 병은 육체적인 것을 과도하게 강조하고 인간을 육체로 돌려보내고 도로 내던짐으로써 탈인간화 작용을 하며 인간을 벌거벗은 육체로 강등시킵니다. 하지만 다른 한편으로 우리는 병을 심지어 인간에게 굉장히 걸맞은 무언가로 생각하고 느낄 수도 있습니다. 왜냐하면 병이 정신이라고, 혹은 한 술 더 떠 (아주 편파적으로 들릴 텐데) 정신이 병이라고 한다면 너무 나아간 소리일 테지만, 그럼에도 이 두 개념은 서로 관련이 많기 때문입니다. 즉 정신은 자부심이며, (투쟁적인 의미에서뿐 아니라 순수하게 논리적인 의미에서) 자연에 대한 해방적 반항이며, 자연으로부터의 분리, 멀어짐, 소외입니다. 정신은 인간을, 다시 말해 자연으로부터 고도로 분리되었으며 자신이 자연과 대립한다고 심히 느끼는 이 존재를 나머지 유기 생명체 전체보다 돋보이게 합니다. 그리고 그 문제, 귀족성의 문제는 이 인간이 자연으로부터 분리될수록, 즉 병들수록 더욱 높은 수준의 인간이 아닌가 하는 것입니다. 왜냐하면 병이 자연으로부터의 분리가 아니라면 무엇이겠습니까? "너의 손가락이 아프면 손가락이 몸으로부터 분리되는 거야." 경구와 같은 헤벨[45]의 말입니다.

　　그리고 체액은 손가락 속에서 따로 순환하기 시작하지.
　하지만 그처럼 인간 역시 신 안의 아픔에 지나지 않을까 두려워.[46]

　　인간을 "병든 짐승"이라 부른 것은 니체가 아닌가요? 이로써 그는 인간이 아픈 경우에만 짐승 이상이라고 한 게 아닌가요? 따라서 인간의 존엄은 정신에, 병에 근거하며 병의 수호신은 건강의 수호신보다 인간적입니다.

　　여러분은 이러한 의견에 반대할 것이고 이를 인정하려 들지 않을 것입니다. 하지만 첫째, 철학 용어로 사용될 때 병은 부정이나 비난이 아니라 확인일 뿐이며, '건강'이라는 판정과 똑같이 인정을 받습니다. 왜냐하면 건강의 귀족성이 있는 것처럼 병의 귀족성이 있으니

---

45. 프리드리히 헤벨(Friedrich Hebbel, 1813~1863). 독일의 작가.
46. 헤벨의 시 「원초적 비밀(Das Urgeheimniß)」중.

까요. 그리고 둘째, 괴테가 실러의 '감상적인 것' 개념을 '병든 것' 개념과 동일시했다는 사실을 떠올려 보시기 바랍니다. 괴테는 그에 앞서 소박과 감상의 대립을 '고전적'과 '낭만적'의 대립과 동일시한 바 있죠. 어느 날 괴테는 에커만에게 말했습니다. "오늘날 전 세계에 퍼져 숱한 논쟁과 분열을 불러일으키고 있는 고전적 문학과 낭만적 문학의 개념은 원래 나와 실러에게서 출발한 것이라네. 나는 문학에 있어 객관적 방법이라는 원칙을 가지고 있었고 그것만을 인정하려 했지. 허나 매우 주관적으로 작업한 실러는 자신의 방식이 옳다고 고수하며 내게 맞섰고 소박 문학과 감상 문학에 대한 논문을 썼지."[47] 그리고 또 한번은 이렇게 말했습니다. "'고전적'과 '낭만적'의 관계를 나쁘지 않게 나타내는 새로운 표현이 떠올랐다네. 고전적인 것을 건강한 것이라 부르고 낭만적인 것을 병든 것이라 부르는 거야. 그러한 성질에 따라 고전적인 것과 낭만적인 것을 구분한다면 우리는 곧 명확한 앎에 도달할 걸세."[48]

---

47. 기존 한국어 번역은 요한 페터 에커만, 곽복록 옮김, 『괴테와의 대화』, 동서문화사, 413~414쪽 참조.
48. 기존 한국어 번역은 같은 책, 336쪽 참조.

이제는 구도가 잡힙니다. 한편에서는 소박한 것, 객관적인 것, 건강한 것, 고전적인 것이, 다른 한편에서는 감상적인 것, 주관적인 것, 병적인 것, 낭만적인 것이 동일하다고 드러납니다. 즉 인간이 정신적 주체로서 자연 밖에 있으면서 감상적인 분리 상태에서, 자연과 정신의 이원성에서 자신의 존엄과 자신의 비참함을 발견하는 한, 우리는 인간을 정말 낭만적 존재라 일컬을 수 있을 것입니다. 자연은 행복합니다. 혹은 인간이 보기에 그렇습니다. 왜냐하면 인간 자신은 비극적 이율배반에 얽혀 낭만적으로 괴로워하는 피조물인 까닭입니다. 인간을 향한 모든 **사랑**의 바탕에는 인간이 처한, 희망이라고는 거의 없는 이런 힘든 상황에 깊이 공감하며 형제처럼 함께하는 인식이 깔려 있지 않나요? 그렇습니다, 여기에 기초한 인류의 조국애가 있습니다. 우리가 인간을 사랑하는 것은 인간이 곤경을 겪고 있기 때문입니다. 그리고 우리 자신이 그중 하나이기 때문입니다.

발병

    톨스토이는 '고백'에서 자신이 어린아이였을 때 자연에 대해 아무것도 몰랐다고, 자연을 전혀 의식하지 않았다고 회상합니다. 그는 말합니다. "누가 나에게 꽃이나 나뭇잎을 가지고 놀라고 준 적이 없을 리도, 내가 풀이나 햇빛을 보지 않았을 리도 없다. 그럼에도 나는 대여섯 살까지는 우리가 자연이라 부르는 것에 대해 아무런 기억도 없다. 아마도 자연을 보려면 그것으로부터 분리되어야 하는 것 같다. 그런데 나 자신이 자연이었으니까." 이 말은 단순히 자연을 보는 일, 이른바 자연 향유 자체가 인간 특유의 상태인 동시에 이미 감상적이고 동경에 빠진 상태, 다시 말해 병적인 상태임을 표현합니다. 왜냐하면 그것은 자연으로부터의 분리를 뜻하니까요. 톨스토이는, 그의 회상에 따르면, 여성들의 보호에서 벗어나 형들과 가정교사 표도르 이바노비치가 있는 아래층으로 거처를 옮김으로써 유년 시절이 끝났을 때 그와 같은 분리를 처음으로 느꼈습니다. 톨스토이가 장담하건대, 이후 그는 의무감이 무엇인지, 그러니까 도덕과 윤리적 당위가 무엇인지를 그토록 강하게 느낀 적이 결코 없다고 합니다. "우리 모두가 사명으로서 짊어져야 하는 **십자가**의 느낌. 나는 익숙한 것(아주 오래전부터 익숙한 것)과 힘겹게 떨어져야 했다. 슬펐다, 시적으로 슬펐다. 보모, 여자 형제들, 숙모 같은 사람들과 떨어져야 해서라기보다는 나의 조그만 침대, 거기에 딸린 커튼과 베개와 떨어져야 했기 때문이다. 나는 내가 발을 내딛은 새로운 삶이 걱정되었다." 여기에서 "십자가"라는 단어가 두드러지는 방식은 톨스토이의 경우뿐만 아니라 그 일 자체, 즉 자연과의 분리 과정에서도 특징적입니다. 이 과정을 톨스토이는 고통스럽고 도덕적이라 —— 도덕적이기에 고통스럽고 고통스럽기에 도덕적이라 —— 느꼈으며, 그것이 인간의 모든 윤리적 당위의 본질이라며 금욕적이고 도덕적으로 해석했습니다. 인간화란 그에게 탈자연화를 뜻했습니다. 그리고 그것은 자연과의 분리, 자연적인 것 일반과 특히 그에게 자연적인 모든 것과의 분리, 이를테면 가족, 국민, 국가, 국민교회, 모든 감각적이고 본능적인 격정, 사랑, 사냥, 근본적으로는 육체 생활 전반, 무엇보다 아주 본질적인 면에서 그에게 감각과 육체의 생활을 의미하는 예술과의 분리를 뜻했지요. 이러한 식의 인간화는 이후 그의 삶에서 벌어지는 투쟁의 핵심입니다. 이 투쟁을 말년에 갑자기 일어나는 회심回心의 위기라 생각하는 것, 이 투쟁이 톨스토이의 노년과 동시에 시작된다고 보는 것은 완전히 잘못입니다. 프랑스인 보귀에[49]가 이 위대한 러시아 작가가 이제 "일종의 신비적 망상으로 마비된 것 같다"고 했을 때 그는 전적으로 올바른 판정을 내린 것입니다. 그는 톨스토이 사상의 전개가 이미 작품 『유년 시절, 소년 시절』에 맹아로 들어 있었다고, 『안나 카레니나 *Anna Karenina*』에 나오는 레빈의 심리학은 이후 톨스토

---

49. 외젠멜키오르 드 보귀에(Eugène-Melchior de Vogüé, 1848~1910). 프랑스의 외교관이자 작가.

이의 발전에 분명한 방향을 제시해 준다고 이야기했습니다. 또 우리에게는 톨스토이의 장교 시절, 즉 세바스토폴 시절 동료들의 증언도 있습니다. 이 증언들을 보면 그 당시 이미 톨스토이의 내면에서 예의 투쟁이 얼마나 격렬하고 광포했는지 눈에 선합니다. 하지만 우리의 논의와 관련해서 주목해야 할 점은 자연에의 깊고 강력한 구속에 저항하는 이 투쟁, 탈자연화를 위한 이 투쟁이 그에게서 자꾸 병을 낳는다는 것, 바로 병의 모습을 가진다는 것입니다. 톨스토이의 아내인 소피야 안드레예브나 백작 부인은 1880년경에 이렇게 말합니다. "레프는 지금 완전히 글쓰기에 빠져 있다." 당시 그는 신학적, 종교철학적 작업에 몰두해 있었습니다. 그녀의 사랑은 그 모습을 몹시 못마땅하게 여겼고 그녀는 톨스토이를 그 작업들에서 떼어 내어 다시 예술 활동으로 끌어오려 부단히 애썼습니다. "그는 이상한 눈으로 응시하며 거의 말이 없었고 완전히 다른 세상 사람 같았다. 분명 현세의 일은 생각할 수가 없었다……." "레프는 완전히 작업에 푹 빠져 있다. 그는 항상 머리가 아프다…… 그는 많이 변했다. 아주 올곧고 엄격한 기독교도가 되었다. 하지만 그는 머리가 셌고 건강이 나빠졌다. 또한 더 조용하고 더 우울해졌다……." 그녀는 1881년 모스크바에서 이렇게 씁니다. "내일이면 이곳에 온 지 한 달째이다. 나는 처음 두 주 동안 매일 끊임없이 울었다. 왜냐하면 레프가 우울증뿐 아니라 어떤 절망적인 무감각증에 빠져 있었기 때문이다. 그는 잠도 안 잤고 먹지도 않았으며 가끔 문자 그대로 울었다. 그래서 나는 미칠 것만 같다……." 그리고 남편에게는 이렇게 씁니다. "나는 행복한 사람이 갑자기 삶에서 끔찍한 것만 보고 좋은 것에는 눈길도 주지 않는다면 이는 병 때문이라고 생각하기 시작했어요. 당신은 병을 치유해야 해요. 무슨 꿍꿍이가 있어 하는 소리가 아니라 내가 보기에는 분명히 그래요. 당신이 굉장히 가여워요……. 당신은 굶주리고, 아프고, 불행하고, 악한 사람들이 있다는 사실을 예전부터 이미 알지 않았던가요? 잘 보세요. 즐겁고, 건강하고, 행복하고, 선한 사람들도 있다고요. 신께서 부디 당신을 도와주시길 —— 내가 무엇을 할 수 있을까요?" —— "당신은 분명 아픈 거예요." 이 불쌍한 여인은 한탄합니다. 그리고 톨스토이는 정말로 아프지 않았나요? 톨스토이는 스스로 이렇게 씁니다. "나의 건강은 점점 더 나빠지고 있고 자주 죽고픈 생각이 든다⋯⋯. 어찌하여 내가 이토록 초췌해졌는지 나 자신도 알 수가 없다. 어쩌면 나이 때문일지도, 어쩌면 몸이 안 좋아서일지도⋯⋯."

톨스토이가 해결할 길 없는 혼란스러운 정신적 문제로부터 결혼과 가정생활의 신성한 동물성으로 도피했던 시기, 비평가들에게 찬양받은 곰 같은 기질과 힘이라는 재능 —— 투르게네프가 그에게 설명하려 애쓴 것처럼 이는 만물의 근원으로부터 부여받은 재능입니다 ——을 바탕으로 두 장편 서사시 『전쟁과 평화』와 『안나 카레니나』를 창조해 낸 시기 그에 대한 묘사를 이것과 비교해 보십시오! "당시 그는 항상 기분이 들떠 있었다." 톨스토이의 처제가 하는 이야기입니다. "영국 사람들 말처럼 하이 스피릿high sprit, 생생하고, 건강하고, 쾌활했다. 그는 글을 쓰지 않는 날에는 나 또는 이웃인 리비코프와 함께 사냥을 나갔다. 우리는 그레이하운드를 데리고 사냥을 했다⋯⋯. 저녁이면 그는 아주 머니 방에서 카드 패를 뗐다⋯⋯." 좋은 시절이지요! 이 "초췌한" 기독교도가 새로운 문학 작품을 구상 중이라는 소식을 들었을 때 불쌍한 소피야 안드레예브나 백작 부인이 기뻐서 거의 어쩔 줄 몰라 하는 모습을 나쁘게 볼 사람이 누가 있을까요? 그녀의 환호는 실로 감동적입니다. "당신이 다시 시적인 것을 쓰려 한다고 적은 것을 읽었을 때 별안간 어찌나 기쁜 감정이 나를 사로잡았던지! 내가 오래전부터 고대하고 소망하던 것을 당신은 느꼈군요. 이건 구원이에요. 이건 환희예요. 그 속에서 우리 두 사람은 다시 만날 거고 당신은 위안을 얻을 거고 우리 삶에는 밝은 빛이 비출 거예요. 진정한 작업이란 그런 거예요. 당신은 거기에 딱 맞는 사람이고요. 그 분야를 벗어나면 당신의 영혼에 평화란 없어요. 신께서 당신에게 이 빛줄기를 꽉 붙들 힘을 주시길. 신의 불꽃이 다시 당신 안에서 활활 타오르도록 말이에요. 이 생각을 하면 황홀해져요⋯⋯."

괴테와 톨스토이의 전기는 두 위대한 작가가 소피야 안드레예브나 백작 부인의 말마따나 그들에게 "딱 맞는" 재능인 조형적 창조력을 직접적인 사회 활동을 위해, 즉 고도로 도덕적인 이유 때문에 오랜 세월 자기 안에 억눌러 왔다는 점에서 일치합니다. 톨스토이는 농사조정위원으로, 독립적인 국민학교 교사로 활동하기 위해 자기 안의 예술가를 억눌렀습니다. 괴테는

작센-바이마르 공국을 다스리면서 청장년기 십 년
동안 간접세 법규, 서적 제조 규정, 신병 모집, 수도
및 도로 시설, 구빈원, 광산 및 채석장, 재정, 기타
등등을 돌보는 데 힘을 바쳤습니다. 그동안 메르크[50]는
내내 투르게네프식으로 괴테를 다시 문학으로 끌어오
려 노력했지요. 그리고 괴테 자신은 점점 커지는 체념
속에서 "굳세게 참으라!" "단단히 인내하라!" 같은 내면
의 호령으로 어렵고, 심각하고, 실망 가득하고, 부자연
스러운 일을 견뎠습니다. 괴테의 경우에는 슈타인 부인
과의 조금 황홀한 연애도 있었지요. 슈타인 부인이
이 티탄의 자손을 교화하는 데 가장 훌륭한 공헌을
했다는 점에는 의심할 여지가 없습니다. 그러나 그녀는
그의 가슴속에 살고 있는 저 유명한 "두 개의 영혼"
중 하나만 제대로 대우했으며 다른 하나, "달라붙는
관능"을 가진 다른 영혼에게는 아무것도 주지 않았습니
다.[51] 자, 두 사람의 경우, 즉 톨스토이와 괴테의 경우에

---

50. 요한 하인리히 메르크(Johann Heinrich Merck, 1741~1791).
   독일의 문학가이자 자연 연구가로 괴테의 친구였다.
51. 『파우스트』에 나오는 대목(1,110행 이하). 두 영혼 중 하나는
   "달라붙는 관능"으로 현세에 집착하는 영혼이고, 다른 하나는 속세
   를 넘어선 숭고함의 영역을 지향하는 영혼이다. 요한 볼프강 폰

서 그 결과는 병입니다. 톨스토이는 이렇게 씁니다. "농사조정위원 직은 나와 지주들과의 관계를 결정적으로 망가뜨려 놓았다. 그 직무 때문에 건강이 망가졌다는 점은 차치하더라도 말이다." 마을 아이들을 가르치는 일에서도 결과는 똑같습니다. 톨스토이는 직접 간행하는 교육 잡지에서 아이들이 쓴 작문이 레프 톨스토이, 푸시킨, 괴테의 것보다 더 완벽하다고 이야기하지만, 자신이 아이들과 맺는 관계에서 무언가 나쁜 점, 심지어 "범죄 같은 점"을 발견하며 자신이 아이들의 영혼을 악용하고 망가뜨리는 것처럼 느낍니다. 그는 『고백 *Ispoved*』[52]에서 "겉보기에는 순조로웠다."라고 말합니다. "하지만 나는 내가 정신적으로 건강하지 않으며 이런 식으로 오래 계속할 수는 없다고 느꼈다. 나는 육체적인 면보다 정신적인 면에서 더 병이 들었으며 모든 걸 제쳐 두고 스텝의 칼미크족에게로 가서 말 젖을 마시고 동물적인 생활을 해 나갔다." ── 이 스텝

괴테, 강두식 옮김, 『파우스트』, 누멘, 2010, 54쪽 참조. 이하 『파우스트』 인용은 기본적으로 이 번역본을 따르되 문맥에 따라 일부 수정을 가했다.

52. 한국에는 주로 '참회록'이란 제목으로 소개되어 있다(레프 니콜라예비치 톨스토이, 이영범 옮김, 『참회록』, 지만지, 2010).

으로의 도주는 이탈리아를 향한 저 유명하고 은밀한 도피를 매우 강하게 연상시킵니다. 마찬가지로 "이런 식으로 오래 계속할 수는 없다"는 것을 알게 된 괴테에게 이 도피는 구원이 되었죠. 서른네 살 괴테는 과묵해지고 조용해졌으며, 정확히 말하면 우울해졌습니다. 그는 사람이 "심각한 일 때문에 심각해진다"는 것이 이해가 간다고 했습니다. 실제로 그의 몸은 심각하게 상했으며 서른여섯 살 괴테의 얼굴은 기진맥진한 자의 얼굴이지요. 이 시기 괴테는 처음으로 온천지를 찾아가야겠다고 느꼈습니다. 그는 자기 존재의 황폐한 반反자연성을 자각하기 시작했습니다. 그는 자신이 "사인私人으로 살도록 만들어졌다"는, 너무 겸손하긴 해도 통찰력 가득한 말을 하게 됩니다. 그리고 나락으로 떨어지기 전에 도피하지요. 그 밖에 톨스토이가 스텝의 말 젖 요양에서 돌아와 소피야 안드레예브나와 결혼한다는 점 —— 그녀는 레프 니콜라예비치의 서사적 근원력이 두 위대한 소설을 창조하는 동안 거의 쉼 없이 희망에 부풀어 있죠 —— 그리고 괴테가 이탈리아에서 돌아와 크리스티아네 불피우스를 자기 집에 들이고 관직에서 해방되어 마찬가지로 자신의 자연스러운 과업에 전념

발병
····
71

한다는 점에서도 유사성을 확인할 수 있습니다. 이
또한 '병의 철학'에 해당합니다.

조형과 비판

조형은 자연에 구속되는 객관적이고 창조적인 직관
인 반면, 비판은 삶과 자연에 대한 도덕적이고 분석적인
자세입니다. 다시 말해 비판은 정신인 반면, 조형적
태도는 자연과 신의 아이들의 것입니다.

"나는 문학에서 객관적 방법을 원칙으로 삼았지."[53]
라고 괴테는 말합니다. "나는 조형가Plastiker라네." 그
리고 실제로 수사적이고 이상주의적인 도덕주의에 대
한 그의 문학적 자세, 즉 위대한 맞수에 대한 비판적

---

53. 기존 한국어 번역은 『괴테와의 대화』, 414쪽 참조.

입장은 너무나도 유명하므로 우리는 그것을 입증하려 굳이 더 애쓰지 않아도 됩니다. 괴테는 자신이 타고난 문학적 재능을 "완전히 자연으로" 여깁니다. 그가 관용적이고 너그러웠으며 본성이 나긋나긋했다는 점은 이와 관련이 있습니다. 그 근저에는 모든 존재의 완전성과 필연성에 대한 스피노자주의적 이념, 최종 원인과 최종 목적으로부터 자유로우며 악이 선과 마찬가지로 나름의 권리를 가지는 세계상이 있습니다. 괴테는 이야기합니다. "우리는 예술 작품 그 자체의 완전성을 위해 투쟁하네. 그자들(도덕주의자들)은 예술 작품이 외부에 미치는 영향을 생각하지. 자연이 사자나 별새를 만들어 낼 때 그렇듯, 진정한 예술가라면 신경도 쓰지 않는 일을 말이야." 예술과 자연 창조가 목적을 가지지 않는다는 것은 괴테에게 최고 원칙입니다. 이 점에서 스피노자주의자 괴테는 칸트와 의견이 같습니다. 칸트는 무관심한 직관을 참된 미학적 상태로 규정하고 이로써 미학적, 조형적 원칙을 도덕적, 비판적 원칙과 근본적으로 구분하지요. 괴테는 말합니다. "만약 철학이 마치 우리가 자연과 하나인 것 같다는 근원적 느낌을 고양하고 보증하며 어떤 깊고 차분한 직관으로 변화시킨다면, 저는 그것을 환영합니다."[54] 괴테가 예술의 이름으로 도덕적 요구——항상 **사회적**이면서 도덕적인 요구지요——를 거부하는 발언은 이것 말고도 열개, 열두 개가 더 있습니다. "어떤 예술 작품이 도덕적 결과를 낳는다, 아마 가능한 일이리라. 그러나 예술가에게 도덕적 의도와 목적을 요구하는 것은 일을 망치는 짓이다."——"나는 작가라는 직업에 종사하면서 내가 전체에 어떤 쓸모가 있을지 물은 적이 단 한 번도 없네. 나는 늘 나 자신을 더욱 통찰력 있고 더 나은 사람으로 만들기 위해, 나 스스로의 개인성이 지니는 값어치를 향상시키기 위해, 그리고 늘 내가 좋고 참되다고 인식한 것만 말하기 위해 노력했다네."[55]

늙은 톨스토이의 기독교적 사회도덕주의를 괴테의 이교적 문화이상주의와 견주어 볼 때 적어도 잊지 말아야 할 점은 톨스토이식 사회주의의 출발점에 몹시 내밀하고 개인적인 고뇌, 자기 영혼의 치유에 대한 깊디깊은 근심이 있다는 것, 또 이 사회주의의 근원에는 끊임없이

54. 철학자 프리드리히 하인리히 야코비(Friedrich Heinrich Jacobi, 1743~1819)에게 보낸 편지 중.
55. 기존 한국어 번역은 『괴테와의 대화』, 747쪽 참조.

계속되는 자기 자신에 대한 불만족감, 삶의 의미를 찾으려는 고통스러운 노력이 있다는 것, 그리고 이 도덕주의자가 모든 가르치고 개선하는 행위를 —— 제대로 된 진짜 사회 비판가라면 스스로에게 결코 요구하지 않을 —— 자기 징벌(즉 『고백』)로서 시작했다는 것입니다. 톨스토이를 본래의 정치적인 의미에서 혁명가라 부른다면 잘못되어도 한참 잘못된 일입니다. 톨스토이는 이야기합니다. "기독교 가르침의 중요성은 그 가르침의 이름으로 폭력을 통해 사회를 바꿔야 한다는 것이 아니라, 삶의 의미를 발견하는 데 있다." 또한 톨스토이의 예술 이념이 괴테의 예술 이념과 본디 정확히 일치한다는 점은 증명할 수 있습니다. 어린아이처럼 미숙한 정신화 시도 때문에 톨스토이를 진지하게 실러와 도스토옙스키 같은 정신의 아들로 여기고 그의 안에서 괴테의 자연적 귀족성을 알아보지 못하는 사람이나 놀랄 일이지요. 톨스토이는 흔히 생각하는 것보다 훨씬 전부터 셰익스피어를 증오했습니다. 이 증오는 모든 것을 긍정하는 보편적 자연에 대한 저항이자 도덕적으로 고통 받는 자가 세상의 행복에 대해 느끼는 질투심이자 절대적 창조자의 아이러니입니다. 이 점에는 의심의 여지가 없습니다. 그것은 자연, 소박함, 그리고 정신에 대한 도덕적 무관심, 즉 윤리적이고 사회적인 **가치 평가**에 대한 도덕적 무관심으로부터 벗어나려는 노력을 뜻합니다. 하지만 '소박한' 열의에 찬 노력이지요. 그리하여 결국 톨스토이는 『톰 아저씨의 오두막*Uncle Tom's Cabin*』의 저자 미스트리스 비처 스토[56]를 셰익스피어와 대적시키는 지경에 이릅니다.[57] 황당무계한 일이지요. 이는 본성적으로 그가 얼마나 자연의 아이다웠는지를 보여 주는 증거입니다. 실러와 도스토옙스키 같은 사상, 이념, 정신의 진짜 아들들은 그러한 난센스의 해안에 좌초하지 않습니다. 톨스토이의 비판주의와 도덕주의, 요약하자면 정신을 향한 의지는 무언가 이차적인 것이었으며 그냥 의지일 따름이었습니다. 심지어는 단순한 소망이라고도 할 수 있고요. 그는 자신의

---

56. 해리엇 비처 스토(Harriet Beecher Stowe, 1811~1896). 19세기 미국 작가.
57. 톨스토이는 좋은 예술 작품의 예로 비처 스토의 『톰 아저씨의 오두막』을 든다(레프 니콜라예비치 톨스토이, 이철 옮김, 『예술이란 무엇인가』, 범우사, 1998, 213쪽 참조). 반면 위대한 문학으로 널리 인정받는 셰익스피어의 작품은 평가 절하했다(레프 니콜라예비치 톨스토이, 백정국 옮김, 『톨스토이가 싫어한 셰익스피어』, 동인, 2014 참조).

엄청난 조형적 재능, 자신의 창조성과 결코 유기적으로 하나가 되기를 원치 않았습니다. 하지만 톨스토이를 두고 그의 '순수 예술적' 재능이 사회적 색채를 띤 재능보다 뛰어났다고 솔직히 이야기하는 사례를 우리는 여럿 확인할 수 있습니다. 괴테가 울란트[58]의 정치화를 개탄한 것과 비슷하게 노인 톨스토이는 도스토옙스키가 정치에 발을 들였다며 비판했습니다. 그리고 1859년에 서른한 살 톨스토이는 러시아 문학 애호가 협회의 회원으로서 연설을 한 적 있습니다. 이 연설에서 그가 문학의 순수 예술적 요소가 모든 시대 경향보다 우선한다고 너무도 격하게 역설한 나머지 회장인 호먀코프[59]는 답변에서 순수한 예술의 종복은 사회의 고발자가 되기 쉽다고, 모르는 사이에 그리고 원치 않더라도 그리된다고 넌지시 알렸지요.

자연의 아들들에게 특유한 정신적 겸허, 지적 회의의 분출을 우리는 톨스토이의 노벨레 『루체른_Luzern_』[60]의

---

58. 요한 루트비히 울란트(Johann Ludwig Uhland, 1787~1862). 독일의 시인이자 법률가, 정치가.

59. 알렉세이 스테파노비치 호먀코프(Aleksey Stepanovich Khomyakov, 1804~1860). 러시아의 시인, 신학자, 철학자.

60. 한국어 번역본은 레프 니콜라예비치 톨스토이, 김성일 옮김, 『톨스

마지막 부분에서 확인할 수 있습니다. 여기에는 "긍정적 해결책을 얻고자 하는 욕구와 함께 선과 악의 이 영원히 일렁이는 무한한 대양에 내던져진" 인간의 숙명에 대한 멋진 비탄이 나옵니다. 톨스토이는 외칩니다. "인간이 그토록 날카롭고 단호하게 판단하고 사고하지 않는 법을 배웠더라면, 오직 영원히 물음으로 남기 위해 그에게 주어진 물음에 대하여 항상 답을 주지 않는 법을 배웠더라면! 모든 생각이 잘못된 동시에 올바르다는 사실을 인간이 이해하려 했더라면⋯⋯. 인간은 이 영원히 일렁이고, 무한하며, 선과 악이 끝없이 서로 뒤섞인 카오스 속에서 구획을 만들었고, 이 바다 속에서 상상의 경계선을 그렸다. 그리고 바다가 이 선대로 나뉘기를 기대했다. 완전히 다른 관점에 의한, 다른 층위의 수백만 가지 구분법이 마치 존재하지 않는 양! ⋯⋯ 문명은 선이고 야만은 악이다, 자유는 선이고 부자유는 악이다. 이런 상상 속 지식은 인간 본성에서 선을 향한 본능적이고, 복되고, 근원적인 노력을 수포로 만든다." 그리고 톨스토이는 무정한 부자의

_____

토이 중단편선 1』, 작가정신, 2010에 수록.

영혼보다 —— 그는 스스로를 위해서 부자들에게 분노했지요 —— 빈자의 영혼 속에 어쩌면 더 많은 행복과 삶에 대한 긍정이 있지 않을까 자문한 뒤 갑자기 이렇게 말합니다. "이 모든 모순을 허하고 명하신 분의 선량함과 지혜로움은 무한하다. 오직 너, 가련한 구더기여, 뻔뻔하고 무모하게 그분의 법과 그분의 충고를 파고들고자 애쓰는 너에게만 그것들이 모순으로 보인다. 그분은 광휘를 발하는 한없이 높은 곳에서 온화하게 내려다보시면서 **무한한 조화**에 기뻐하신다. 너희 모두는 그 조화 속에서 영원한 모순에 빠진 채로 움직이고 있는 것이니!"

이보다 더 괴테다운 표현이 또 있을까요? 심지어 '무한한 것의 조화'도 빠지지 않고요. 회의, 도덕적 회의란 말은 독실한 믿음, 종교적인 무한 긍정, 자연 경배 —— 위 구절에서 표현되는 자연 경배는 '예언자', 선생, 우월한 자를 특징짓는 요소가 아니라 '세상의 아이Weltkind', 조형가, 예술가를 만드는 요소이지요 —— 이런 것을 표현하기에는 너무 얄팍하고 지성적이며 경박한 표현입니다. 자연이 괴테의 요소이자 그가 사랑하는 자애로운 어머니였던 것처럼 자연은 톨스토이의 요소였습니다. 그리고 자신을 잡아뗄 수 없게 자연과 묶은 끈을 톨스토이가 계속해서 세계 당기는 모습, 자연에서 벗어나 정신으로, 도덕으로, 조형에서 벗어나 비판으로 가려고 필사적으로 노력하는 모습에는 존경할 만하고 깊은 감동을 주는 점이 많습니다. 하지만 거기에는 괴테의 본성에는 없는 무언가 고통스럽고 괴롭고 부끄러운 점도 있습니다. 톨스토이와 음악의 관계를 생각해 보십시오. 아주 유익한 예이지요. 톨스토이가 드레스덴에서 베르톨트 아우어바흐[61]와 만났을 때 이 적당히 투철한 도덕주의자는 음악을 "무책임한 향락"이라 칭하고는 덧붙여 말합니다. 그런 건 "부도덕으로 가는 첫걸음"이라고요. 톨스토이는 이 재치 넘치는, 그럼에도 끔찍한 발언을 일기에서 그대로 가져다 씁니다. 그는 똑같은 도덕적 이유에서, 그러니까 셰익스피어를 싫어하고 두려워한 것과 같은 사회도덕적 이유에서 음악을 싫어하고 두려워합니다. 전하는 말에 따르면 음악을 들을 때 톨스토이의 얼굴은 백지장

---

61. 베르톨트 아우어바흐(Berthold Auerbach, 1812~1882). 독일의 작가. 톨스토이에게 많은 영향을 주었다. 아우어바흐의 전집은 톨스토이의 서재에서 첫 번째 자리를 차지했다고 전해진다.

이 되고 일그러져 살짝 찡그린 표정을 지었고 마치 공포를 드러내는 듯했다고 합니다. 그럼에도 불구하고 과거에 그는 음악 없이는 결코 살 수 없었습니다. 젊은 시절에는 심지어 음악 단체를 만든 적도 있고요. 전하는 말에 의하면 그는 작업 전에 피아노 앞에 앉곤 했답니다. 의미심장한 이야기이지요. 그리고 모스크바에서 차이코프스키 옆에 앉아 그가 작곡한 라장조 사중주를 감상할 때는 사람들이 있는 가운데 안단테 악장에서 흐느껴 울었다고 합니다. 그렇습니다, 톨스토이는 음악을 모르는 사람이 아니었습니다. 음악은 그를 사랑했습니다. 비록 도덕을 설교하는 위대한 아이인 그는 음악을 다시 사랑해서는 안 된다고 생각했지만…….

전설에 따르면 거인 안타이오스는 자신의 어머니인 대지에 몸이 붙어 있는 한 무적이었습니다. 대지로부터 늘 새로운 힘을 받기 때문이죠. 괴테의 삶과 톨스토이의 삶을 고찰할 때면 이 신화가 똑같은 식으로 자꾸만 떠오릅니다. 똑같이 어머니 대지의 아들인 둘에게는 단 한 가지 차이점이 있습니다. 즉 한 사람은 자신의 귀족적 본성을 알았고 다른 한 사람은 그렇지 않았습니다. 톨스토이의 참회가 담긴 '고백'에는 그가 대지와 접촉하는 대목이 있습니다. 한순간 아주 심오한 감각이 그의 말들을, 이론을 펼치는 동안에는 딱딱하고 혼란스럽던 그 말들을 어떤 영혼도 저항할 수 없는 생명력과 청량감으로 흠뻑 적시는 구절이 여럿 있습니다. 톨스토이는 어린아이 시절 할머니와 함께 개암을 따러 개암나무 수풀에 갔던 때를 회상합니다. 제복 입은 하인들은 말 대신 할머니의 작은 수레를 끌고 개암나무 수풀로 들어갑니다. 하인들은 덤불숲을 뚫고 들어가서 많은 경우 이미 다 익어 떨어지고 있는 개암이 달린 가지를 할머니를 향해 아래로 구부려 주고 할머니는 자루에 개암을 모읍니다. 어린 레프는 두꺼운 줄기를 억지로 아래로 내리는 가정교사 표도르 이바노비치의 완력에 경탄합니다. 그가 손을 놓으면 덤불들이 다시 똑바로 서고 그러면서 천천히 서로 얽히지요. "해 드는 곳이 아주 뜨거웠던 것, 그늘진 곳이 아주 기분 좋게 시원했던 것, 코를 찌르는 개암나무 잎 냄새를 들이마시던 것, 함께 있던 소녀들의 이 사이에서 탁탁 개암 깨지는 소리가 사방에서 들리던 것, 우리가 그 신선하고 실하고 하얀 열매를 끊임없이 씹던 것이 떠오른다." —— 소녀들의 이 사이에서 탁탁 소리를 내며 깨지는 신선하고 실하고 하얀 열매. 이것이 톨스토이-안타이오스입니다. 그의 온몸에는 어머니의 힘이 흐르죠. 『전쟁과 평화』에서처럼요. 이 작품에서 불명료하고, 쓸데없이 세세하고, 그다지 설득력 없는 철학적 여담에 이어지는 대목들을 투르게네프는 이렇게 평가합니다. "그것들은 훌륭하고 일급이다. 모든 근원적인 부분, 묘사 부분, 사냥 장면, 밤의 거룻배 장면 등등은 전 유럽에서 그 누구도 흉내 낼 수 없다."

안타이오스 의식은 괴테의 온 존재를 얼마나 지배하고 있습니까! 이 의식은 그의 탐구와 형성 작업을 얼마나 부단히 좌우하고 있습니까! 괴테에게 자연은 열정이 닥쳐 온 후의 "치유이자 안락"입니다. 또한 그는 자연을 인식하려면 "인간 존재의 모든 표현이 하나의 결정적인 통일체로 완성되어" 있어야 한다는 점, 진정한 탐구란 상상Phantasie의 재능 없이는 생각할 수 없다는 점을 잘 알면서도 아주 현명하게도 공상적인 것das Phantastische을 피하고, 자연철학적 사변을 피하며, 대지와의 접촉을 잃지 않으려 경계합니다. 그리고 이러한 이념을 "경험의 결과"라 부릅니다. 탐구자로서 괴테의 상상은 직관이며, 더 정확히 말하자면 자연의 아이가 타고난,

유기체적인 것에 대한 공감입니다. 그것은 구상력Ein bildungskraft처럼 안타이오스적입니다. 괴테의 예술가성을 규정하는 이 구상력 역시 공상적인 것이 아니며 정확하고 감각적입니다. 이것이 조형가의 상상입니다. 사상, 이념, '정신'의 아들들의 상상은 다릅니다. 어느 한쪽이 다른 한쪽보다 더 많은 현실성을 창조해 낸다는 소리가 아닙니다. 그러나 조형적 상상이 낳는 형상은 존재 자체로서 현실성을 가지는 반면 감상가感傷家, Sentimentaliker가 만드는 형상은 실러 자신의 구분처럼 행동을 통해서만 현실성을 얻습니다. 실러 스스로 고백하듯 행동하지 않는 한 이러한 형상들에게는 "무언가 그림자 같은 점"이 있습니다. 이것은 그의 표현입니다. 그리고 이 표현을 독일어―이상주의 언어에서 러시아어―묵시록 언어로 번역해 보면 국민적 측면에서 실러의 수사적이고 희곡적인 이상 세계의 짝으로서 도스토옙스키의 지나치게 크고 지나치게 참된 그림자 세계가 나옵니다. 여기에서 오늘날 모두에게 회자되는 혹은 지난날에 회자되었던 예술철학의 표어가 하나 떠오르는군요. 표현주의라는 말이 그것입니다. 우리가 표현주의라 부르는 것은 사실 러시아의 묵시록을 잔뜩 집어넣은, 후기 형태의 감상적 이상주의에 지나지 않습니다. 서사적 예술관과 표현주의의 대립, 직관과 거친 환상 Vision의 대립은 새로운 것도 낡은 것도 아니며 영원합니다. 그 대립은 한편으로는 괴테와 톨스토이에게서, 다른 한편으로는 실러와 도스토옙스키에게서 완전하게 표현되어 있습니다. 그리고 자연의 평온함과 겸손함, 진리와 힘은 정신의 그로테스크하고 열에 들뜨고 독재적인 대담함과 영원히 맞설 것입니다.

정사情事

괴테의 "깊고 차분한 직관", 정확히 감각적인 상상, 존재의 현실성이 실러의 이상적 비전 그리고 그의 피조물들의 수사적 행동주의와 맺는 관계는 톨스토이의 서사 문학에 나타나는 강력한 감각성이 도스토옙스키의 병적으로 황홀한 꿈과 영혼 세계와 맺는 관계와 매우 유사합니다. 아니, 정확히 일치합니다. 물론 시대와 민족의 차이는 두 사람의 대립을 심화시키지만 말입니다. 다시 말해 젊은 종족[62]에 속하는 귀족―농촌의 아들

---

62. 러시아인을 뜻하는 표현.

이자 자연주의 소설가인 톨스토이에게서는 독일의 상류 시민 계급에 속하는 인문주의자이자 고전주의자인 괴테에게서보다 감각적 요소가 훨씬 더 강하고 직접적이고 묵직하고 육감적이고 관능적으로 나타나지요.

『친화력 *Wahlverwandtschaften*』에 등장하는 에두아르트와 샤를로테 옆에 나란히 세워두었을 때 브론스키와 안나 카레니나는 아름답고 튼튼한 수말과 기품 있는 암말처럼 보입니다. 이렇듯 동물과 비교하는 표현은 제가 만든 게 아닙니다. 이미 많이 언급된 이야기이지요. 톨스토이의 동물성, 육체적 삶에 대한 어마어마한 관심, 육체적 인간을 드러내는 천재성에서 사람들은 자주 불쾌감을 느꼈습니다. 러시아의 비평도 마찬가지였죠. 적대감에 찬 어떤 이류 비평도 물론이고 말입니다. 이 비평은 가령 『안나 카레니나』를 두고 어린애 기저귀의 고전적인 냄새가 이 소설에 배어 있다고 했고 여러 장면의 외설성에 격분했습니다. 그리고 톨스토이가 안나가 목욕하고 브론스키가 몸을 씻는 장면을 깜빡하고 묘사하지 않았다며 반어적으로 비판을 가했습니다. 이 지적은 완전히 틀렸습니다. 왜냐하면 브론스키가 씻는 장면이 실제로 나오니까요. 우리는 자신의 붉은 몸을 문지르는 브론스키의 모습을 볼 수 있습니다. 심지어 우리는 『전쟁과 평화』중에 나폴레옹 황제가 자신의 퉁퉁한 등에 오드콜로뉴를 뿌리게 하는 장면에서 그의 알몸을 보지요. 그리고 잡지 『행동*Die Tat*』의 비평가는 이 책에 대하여 쓰기를 톨스토이의 기본 생각이 결혼 생활의 행복 —— 대략적인 의미에서 이해한 행복 —— 을 통해 한 사람 한 사람을 전부 만족시키는 것이라고 했습니다. 그와 관련하여 이 비평가는 톨스토이의 문체를 희화화하며 그에게 새로운 장편 소설을 쓰라고 제안했습니다. 암소 파니아[63]를 향한 레빈의 사랑을 그린 소설을 쓰라면서요.

이 모든 것은 물론 카롤리네 헤르더[64]가 크네벨[65]에

---

63. 토마스 만의 원문에는 파니아(Pania)로 나와 있지만 실제 소설에 나오는 암소의 이름은 '파바'가 맞다(레프 니콜라예비치 톨스토이, 박형규 옮김, 『안나 카레니나 1』, 문학동네, 2009, 186쪽 이하 참조).

64. 카롤리네 헤르더(Karoline Herder, 1750~1809). 독일의 철학자, 문학자, 신학자로서 젊은 시절부터 괴테에게 많은 영향을 준 요한 고트프리트 폰 헤르더(Johann Gottfried von Herder, 1744~1803)의 아내.

65. 카를 루트비히 폰 크네벨(Karl Ludwig von Knebel, 1744~1834). 독일의 작가이자 번역가로 괴테의 친구였다.

게 괴테에 관하여 쓴 것보다도 더 수준이 떨어집니다. "아, 그가 자신의 창조물들에게 심성을 좀 부여할 수만 있다면! 일종의 정사情事 혹은, 그가 스스로 즐겨 말한 것처럼, 자상한 본성이 온갖 데에서 나타나지 않는다면 얼마나 좋을까!" 하지만 이류의 논평들은 비록 몰이해한 방식이긴 해도 아주 많은 경우 특징을 잘 표현하는 것일 수 있습니다. 흡사 잘못된 부호가 붙은 것처럼요. 확실히 이 논평들은 어리석은 방식으로 무언가 참된 것을 표현합니다. 카롤리네가 쓴 "정사"라는 표현은 괴테 작품의 본질을 나타내는 과민하게 격앙된 말입니다. 하지만 괴테의 작품에 나타나는 감각적이면서 밀접한, 존재의 현실성을 실러의 고결한 그림자적 특성과 비교하면 이 말에는 무언가 적확한 점이 있습니다. 그리고 레빈을 암소와 사랑에 빠지게 하라는 제안은 그다지 나쁜 농담이 아니며 톨스토이 서사 문학의 육감성을 도스토옙스키의 성스러운 영혼성과 비교하여 특징짓습니다. 무엇보다 특정 농업 분야, 다시 말해 축산과 양돈에 톨스토이가 개인적으로 열정을 쏟았다는 점을 떠올린다면 말이죠. 물론 지주 톨스토이에게 전적으로 잘 맞는 관심사이긴 합니다. 그러나 이런 관심사가 두드러지는 데에는 보다 깊은 의미가 없잖아 있습니다.

자유와 고귀함

우리는 계속 가치 평가를 내리지 않을 작정입니다. 우리는 고귀함의 문제, 귀족성의 문제를 던지긴 할 테지만 그 문제를 성급히 결정하지 않으려 경계할 것이며, 줏대 없다는 비난에도 아랑곳없이 예의 비구속 방침을 고수할 것입니다. 우리는 이 방침이 종국에는 긍정적인 결실을 맺으리라 믿습니다. 이 해결되지 않은 논쟁을 대할 때 우리는 조심스러운 심판관이 될 수밖에 없습니다! 앞서 정신의 독재적인 대담함이라 일컬은 것이 우리가 자유라 부르는 저 위대하고 고도로 격정적인 원칙과 하나라는 점을 우리는 알고 있으니까요.

실러는 지고의 자유를 노래한 자로서 명성을 누립니다. 하지만 괴테는 이 개념에 대하여 항상 아주 조심스러운 태도를 취했습니다. 정치적으로만이 아니라 일관되게, 근본적으로, 모든 관계에서요. 괴테는 실러를 두고 이렇게 말했습니다. "그는 육체적 자유를 충분히 가졌던 성숙한 삶의 시기에 관념적인 삶으로 넘어갔지. 나는 이 이념이 그를 죽였다고까지 말하고 싶네. 왜냐하면 그로써 실러는 자신의 타고난 육체에게 스스로의 힘으로 감당하기에 무리한 요구를 한 것이니까. 나는 정언명령을 참으로 존중하며 거기에서 얼마나 많은 선善이 비롯될 수 있는지 아네. 다만, 도를 지나치면 안 된다네. 그렇지 않으면 이 관념적 자유의 이념은 분명 어떤 좋은 결과도 불러오지 않으니까."[66] 고백하건대 실러의 영웅적 삶을 암시하면서 정언명령의 과도한 사용을 경고하는 이런 세심한 방식은 옛날부터 제게 익살스러운 느낌을 주었습니다. 소박한 것이 도덕적인 것을 대할 때는 항상 꼭 이처럼 익살스러운 느낌을 주지요. 하지만 이 신의 아이가 저 영웅이자 성자를

---

66. 기존 한국어 번역은 『괴테와의 대화』, 221~222쪽 참조.

두고 한 다른 말들도 있습니다. 이것들은 다른 인상을 주며, 정신이 부여하는 귀족성을 진심으로 증언합니다. 어느 날 괴테는 자신이 귀족으로 통하긴 하지만 실러는 기본적으로 자기보다 훨씬 더 귀족이었다고 이야기했습니다. 고귀함의 문제를 직접 건드리는 이 언급은 분명 정치적인 면을 두고 하는 말이 아닙니다. 즉 실러가 천국의 밝은 횃불을 빌려줘서는 안 될 영원히 눈먼 자들[67]에 대해 말했다는 점을 이르는 게 아닙니다. 그것은 정신의 귀족주의 자체를 두고 하는 말입니다. 이 순간 괴테는 자기 자신의 귀족성인 자연의 귀족성을 정신의 귀족성과 비교하고 후자를 보다 높고 엄격한 것으로 생각합니다. 괴테는 경탄하며 말합니다. "그 무엇에도 구애받지 않았으며, 그 무엇에도 제한받지 않았으며, 그 무엇도 비상飛翔하는 그의 생각을 다른 곳으로 돌리지 못했네. 그는 마치 추밀원 회의에 와 있는 양 위풍당당하게 티테이블에 앉아 있었지."[68] 이 경탄과 놀라움은 괴테의 안타이오스 본성 깊은 곳으

---

67. 실러의 시 「종(鐘)의 노래(Das Lied von der Glocke)」에 나오는 구절.
68. 기존 한국어 번역은 『괴테와의 대화』, 283쪽 참조.

로부터 우러나옵니다. 그의 본성은 그러한 자유, 무조
건성, 독립성을 전연 알지 못했습니다. 오히려 자신이
항상 숱한 상황에 의해 제약을 받고 매여 있고 영향을
받는다는 점, 그것도 자진해서, 그렇습니다, 대지의
귀족으로서 자부심을 느끼면서 매여 있고 영향을 받는
다는 점을 알았지요. 범신론적 필연성은 괴테라는 존재
의 기본 감각이었습니다. 괴테가 의지의 자유를 믿지
않았다고, 그 개념을 부정했다고, 그런 것을 생각할
수 있다는 점을 부인했다고 말하는 걸로는 부족합니다.
그는 말했습니다. "우리는 자연의 법칙에 저항할 때에
도 그 법칙을 따른다. 그 법칙에 반하여 행동하려 할
때에도 그 법칙을 가지고 행동한다." 다른 이들은 본질
상 괴테가 마적魔的으로 결정된 존재라고 자주 느꼈습니
다. 사람들은 그를 자의로 행동하는 것이 허락되지
않은 "신들린 자"라 불렀습니다. 대지에 대한 그의
종속성은 가령 날씨에 민감한 특성에서 나타납니다.
괴테는 스스로를 "확실한 청우계"라 부를 정도였죠.
결합을 뜻하는 그러한 구속을 그가 개인적으로 품위를
떨어뜨리는 것으로 느꼈다고, 의지를 가지고 거기에
저항했다고는 생각할 수 없습니다. 의지는 정신의 것입

니다. 자연은 오히려 관대하고 부드럽습니다. 하지만 구속된 귀족은 자신의 주인인 어두운 힘 ── 그는 이 힘이 자신을 잘 인도한다는 것을 알지요 ── 에 예를 표하는 데 귀족적 자부심을 동원하는 것과 마찬가지로, 적어도 괴테의 경우가 가르쳐 주듯, 자유의 귀족 앞에서도 고귀한 경의의 제스처를 취합니다. 괴테는 실러의 종[69]을 위한 에필로그에서 이렇게 말합니다.

왜냐하면 그의 뒤로 공허한 빛 속에
우리 모두를 제어하는 것, 천한 것이 있었으니.

실로 심오한 자기 포기를 담은 경의의 말입니다. 그런데 이 "천한 것"이란 무엇일까요? 그건 다름 아닌 정신과 자유의 입장에서 본 자연적인 것입니다. 왜냐하면 자유는 정신이며, 자연으로부터의 분리이며, 자연에 대한 반항이니까요. 자유는 자연적인 것과 그 구속으로부터의 해방이라는 점에서 인문성이며, 이 해방은 본래의 인간적인 것 그리고 인간에게 **걸맞은** 것으로 이해할

---

69. 「종의 노래」를 가리킨다.

수 있습니다. 보시다시피 여기에서 귀족성의 문제는 인간 존엄의 문제와 하나가 됩니다! 무엇이 보다 고귀하고 보다 인간에게 걸맞은가? 자유인가 구속인가, 의지인가 순종인가, 도덕적인 것인가 소박한 것인가? 만일 우리가 이 질문에 답하기를 거부한다면 그것은 이 질문에 대해 **결코** 최종적인 답이 나올 수 없으리라고 확신하는 까닭입니다.

그렇지만 모름지기 도덕적인 감상가라면 자연의 귀족에게, 그 반대의 경우보다 더 강하고 활발한 열의를 가지고 경의를 표할 수밖에 없을 것입니다. 정신이 고차원적 삶의 가장 위대하고 가장 감동적인 현상에 속하는 자연과 맺는 관계에는 확실히 모종의 애정 가득한 순종의 태도, 많은 경우 상대방이 전혀 알아주지 않는 나긋한 봉사의 태도가 존재합니다. 도스토옙스키는 시베리아에서 월간지 『동시대인 *Sovremennik*』에 실린 톨스토이의 젊은 시절 작품 『유년 시절, 소년 시절』을 읽고 너무도 매혹된 나머지 어디서나 그 익명의 저자에 대해 묻고 다녔습니다. 그는 "고요하고 깊고 선명하고 그러면서도 자연처럼 파악할 수 없는, 그런 느낌입니다."라고 썼습니다. "그렇습니다. 그리고 전부가, 아주 사소한 곁다리 작품까지도, 모든 게 흘러나온 마음의 아름다운 동일성을 보여 줍니다." —— 아니, 이 말을 한 사람은 도스토옙스키가 아닙니다. 물론 그럴 수도 있었겠지만요. 이것은 실러가 『빌헬름 마이스터』에 대해 쓴 말입니다. 처음으로 괴테를 "친애하는 친구여!"라고 부른 편지[70]에서요. 풍부한 감정이 깃든 돈호법이죠. 반대로 우리가 알기로 괴테는 절대 이 호칭을 사용할 마음이 없었지요. 도스토옙스키는 톨스토이의 『안나 카레니나』에 대한 어떤 비평보다 심오하고 애정이 깃든 글을 썼습니다. 열광적인 해석을 담은 걸작이지요. 하지만 톨스토이는 아마 이 글을 절대 읽지 않았을 테고(왜냐하면 자기 작품에 대한 비평은 아예 안 읽었으니까요) 도스토옙스키의 어떤 작품을 비평적으로 찬미할 필요성은 더더욱 느끼지 않았을 것입니다. 표도르 미하일로비치[71]가 죽었을 때 톨스토이는 이렇게 말했다고 합니다. "그 사람을 나는 몹시 사랑했지." 하지만 이러한 자각은 조금 늦은 것이었습니다. 왜냐하면 톨스토이는 도스토옙스키가 살아 있는

---

70. 1796년 7월 2일자 편지.
71. 도스토옙스키의 이름이다.

동안에 그에 대해 눈곱만치도 신경을 안 썼으며 나중에 도스토옙스키의 전기 작가 스트라호프[72]에게 쓴 편지에서는 그를 아주 훌륭하고 1,000루블 값어치가 나가 보이나 뜻밖에 "보행 결함"이 있는, 그러니까 절뚝거리는 말과 비교하며 이 아름답고 튼튼한 말이 2그로셴 값어치도 안 된다고 했으니까요. 톨스토이는 이렇게 말했습니다. "살아온 세월이 길어질수록 나는 보행 결함이 없는 사람들을 점점 더 높이 평가하게 되네." 하지만 이러한 말[馬]의 철학은 『카라마조프 가의 형제들Brat'ya Karamazovy』의 작가에게, 완곡히 말하자면, 완전히 들어맞지는 않습니다.

우리는 괴테와 실러의 경우에 자연이 정신을 대할 때 보다 품위 있고 고상하며, 보다 화기애애한 태도를 취한다는 것을 알며 그 점에 기뻐합니다. 그런데 괴테가 이 관계에서도 확실히 '하템'이었다고, 다시 말해 가장 넉넉하게 주는 자이자 받는 자였다고 칩시다. 하지만 이 경우 그는 자신이 준 것보다 —— 여기에서 그가 단순히 존재를 통해, 즉 무의식적으로 자기도 모르는

---

72. 니콜라이 스트라호프(Nikolay Strakhov, 1828~1896). 러시아의 철학자, 문학 비평가. 도스토옙스키, 톨스토이와 교류했다.

사이에 준 것은 제해야 합니다 —— 더 많은 것을 다정한 친구로부터 받지 않았나요? 그럼에도 불구하고 이 관계에서는 실러가 섬기는 자가 아니었나요? 저는 그렇다고 생각합니다. 그냥 본래 그런 법이니까요. 실러는 괴테가 왕성한 생산력을 발휘하도록 독려하기 위해 자신이 그에게 준 만큼의 칭찬과 사랑과 응원을 전혀 필요로 하지 않았으니까요. 그리고 저는 실러가 자신이 쓴 유명한 첫 편지,[73] 그러니까 괴테와 동맹을 맺고 우정 어린 손길로 괴테라는 존재를 결산한 저 편지와 같은 것을 상대방으로부터 절대 받은 적이 없다는 사실을 압니다.

실러가 괴테에 대해 한 발언 하나는 저를 늘 매료시켰습니다. 제가 보기에 이 발언은 그들의 관계를 기가 막히게 표현해 주는 듯합니다. 그것은 실러가 괴테에게 칸트에 대해 경고하는 편지 구절입니다. 칸트는 실러 자신의 정신적 스승이자 우상이었지요. 실러는 괴테가 스피노자주의자일 수밖에 없다고 씁니다. 자유의 철학을 지지하는 즉시 그의 아름답고 소박한 자연은 파괴될

---

73. 1794년 8월 23일자 편지.

거라고요. 우리가 여기서 확인하는 것은 더도 덜도
아닌 아이러니의 문제입니다. 세상에서 비길 데 없이
가장 심오하고 가장 자극적인 문제이지요. 여기에서
알 수 있듯 정신은 자연을 자신 쪽으로 전향시키려는
마음이 전혀 없습니다. 정신은 자연에게 정신을 조심하
라고 경고합니다. 이 도덕적인 감상가가 보기에 소박함
은 아름다우며 굉장히 보존할 가치가 있습니다. 인식은
삶을, 도덕은 순진무구함을, 성스러운 것은 신적인
것을, 정신은 자연을 아름답다고 느낍니다. 이 특유의
절대적 가치 평가에는 아이러니한 신인 에로스가 살고
있습니다. 이로써 정신은 자연과 어느 정도는 에로틱하
고, 어느 정도는 남녀의 성적 양극성으로 규정되는
관계로 진입합니다. 이러한 관계에 따라 정신은 몸을
깊숙이 숙이고, 깊숙이 아래로 굽히고, 극도의 자기
포기를 감행할 수 있습니다. 자기 자신의 귀족성을
해치지 않으면서요. 그리고 여기에는 모종의 부드러운
경멸이 결코 빠지지 않을 것입니다. 이런 감상적 아이러
니는 횔덜린의 시구에 길이 남아 있습니다.

아주 심오한 것을 생각하는 자는 아주 생기 있는 것을

사랑한다,

고매한 미덕은 세상을 들여다보는 이가 누군지 안다,

그리고 현자들은 마지막에 자주

아름다운 것을 향해 몸을 숙인다.[74]

다른 한편 소박한 자연도 아이러니한 태도를 압니다. 아이러니한 태도는 자연의 **객관성**과 본질상 하나이며 소박한 자연에게는 바로 문학Poesie 개념과 일치합니다. 그것은 자유로운 유희 속에서 사물들, 행과 불행, 선과 악, 죽음과 삶 위로 고양되니까요. 괴테는 『시와 진실』에서 헤르더와 관련하여 그 이야기를 합니다.

괴테가 그토록 오랫동안 실러와 거리를 둔 것이 일차적으로는 실러가 지닌 자유의 파토스 때문이었다는 점은 명백합니다. 실러의 인간 존엄 개념은 완전히 정신의 독재와 같은 것, 즉 혁명적인 것이었습니다. 그것은 모든 인문성, 모든 고귀함, 모든 인간의 귀족성을 해방적으로 이해했기에 괴테 같은 존재에게는 자연을 모욕하는 것으로 보이고 거슬릴 수밖에 없었습니다.

---

74. 프리드리히 휠덜린의 시 「소크라테스와 알키비아데스(Sokrates und Alcibiades)」 중.

예를 들어 괴테가 실러의 유명한 논문 「우미優美와 존엄에 대하여 ^{Über Anmut und Würde}」에 몹시 심하고 언짢은 반감을 느꼈다는 것은 선험적으로 확실합니다. 그 글에는 이런 것들이 적혀 있으니까요. "감각성 외에 다른 근원을 가지지 않는 운동들은 그 모든 자의성에도 불구하고 오직 자연의 것이다. 자연은 그 자체로는 결코 우미까지 고양되지 않는다. 욕망이 우미와, 본능이 우아함과 함께 나타날 수 있다면 우미와 우아함에는 더 이상 인류의 표현에 봉사할 능력과 자격이 없을 것이다." 이것을 우리는 정신이 자연에 대해 느끼는 이상주의적 혐오라 부를 수 있습니다. 그리고 이는 괴테에게 아니꼽게 보일 수밖에 없었습니다. 왜냐하면 실러는 우미가 감각성에서 비롯되지 않으며 자연이 우미로 고양될 수 없다며 당돌한 주장을 하니까요. 그렇다면 우미와 우아함은 인류에 걸맞은 표현이 아닙니다. 왜냐하면 욕망이 우미와, 본능이 우아함과 함께 나타날 수 있다는 것은 '우아한' 경험적 사실이기 때문입니다. 그리고 실러는 이어서 씁니다. "우미는 자연으로부터 주어지지 않고 주체가 스스로 만들어 내는 아름다움이다……. 그것은 자유의 영향을 받는 형상의 아름다움이다. 개인이 규정하는 현상들의 아름다움이다. 건축학적 아름다움은 그 창작자에게, 그리고 자연과 우미와 우아함은 그 소유자에게 명예를 안겨 준다. 전자는 재능이며 후자는 개인적 공적이다." 이렇듯 "재능"과 "개인적 공적"을 도덕적으로 구분하는 것은 괴테가 지닌 삶의 감정과 그의 귀족주의를 완전히 모욕하는 일입니다. 괴테는 "공적과 행운이 하나로 얽혀 있다는 것을 저 어리석은 자들은 하나도 깨닫지 못한단 말이야."[75]라고 말합니다. 여기에서 "행운"이란 실러가 자유로운 공적, 인간의 공적과 구분하여 "자연"과 "재능"이라 부른 것으로 이해할 수 있습니다. 그리고 괴테는 "공적"이라는 단어에 달라붙은 도덕적 취향을 거의 도전적이고 거의 역설적인 방식으로 제거하기 위해 "타고난 공적"이라는 말을 즐겨 씁니다. 누구나 이 표현이 논리적 모순이라고 지적할 수 있지요. 하지만 논리보다 높은 차원의 형이상학적 확실성이 논리와 대립하는 경우들이 있습니다. 그리고 전반적으로 보아 분명 형이상학자가 아니었던 괴테는 자유의 문제가 전혀 의심할

---

75. 『파우스트』, 5,061~5,062행.

여지가 없이 형이상학적이라 느꼈습니다. 즉 그는 자유가, 다시 말해 죄와 공적이 경험적 세계의 문제가 아니라 예지적 세계의 문제라는 것을, 쇼펜하우어를 빌려 말하자면, 자유가 작용operari이 아니라 존재esse에 있다는 것을 불가해한 통찰을 통해 알게 된 것입니다. 괴테가 지닌 귀족성의 겸허함, 겸허의 귀족성은 여기에 근거하며, 이 둘은 실러의 이상주의적 존엄, 개인적이고 도덕적인 자유의 자부와 매우 철저히 대립합니다. 자신의 본성을 만든 원칙을 표현하려 할 때면 괴테는 감사의 마음을 담아 겸허한 태도로 "운명의 은총"이라는 말을 씁니다. 그러나 '은총', '은혜' 개념은 대개 생각하는 것보다 귀족적입니다. 그 개념은 사실 행운과 공적의 분리할 수 없는 연결, 자유와 필연성의 종합을 의미합니다. 다시 말해 "타고난 공적"을 의미합니다. 그리고 감사와 겸허, 이 둘은 운명의 은총을 어떤 경우에도 절대적으로 확신하는 형이상학적 의식을 동시에 포함합니다.

괴테의 경우 이 점을 입증하는 재미있는 증거가 하나 있습니다. 그 이야기를 하지 않을 수가 없군요. 괴테는 영국의 국민 경제학자이자 공리주의자인 벤담을 두고 말하길 "그 나이에 그토록 급진적인 것은 더없이 미친 짓"이라 생각한다고 했습니다. 에커만은 이렇게 대답했습니다. "각하께서 만약 영국에 태어나셨다면 급진주의를 그리고 악습에 대항하는 투쟁가의 역할을 피하기 어려우셨을 겁니다." 이에 괴테는 메피스토펠레스의 얼굴을 하고 말하죠. "나를 뭐로 보는 건가? 내가 악습을 추적하고 한술 더 떠 폭로하고 널리 알렸을 거란 소리인가? 영국에서 악습을 통해 먹고살았을 내가 말인가? 만약 영국에서 태어났다면 나는 부유한 공작이 었을 거네. 아니면 그보다는 연수입이 30,000파운드 스털링인 주교였거나." —— 정말이지 멋진 말입니다! 하지만 만일 어쩌다 당첨이 아니라 꽝을 뽑았다면요? 꽝은 수없이 널렸으니까요! 괴테의 답입니다. "친애하는 친구여, 누구나 당첨되도록 정해진 것은 아니네. 자네는 내가 꽝에 걸리는 어리석음을 범했을 것이라 생각하는 건가?"[76]

이것은 농담입니다. 물론이죠. 그런데 그저 농담일 뿐일까요? 오히려 여기서는 당연히 어떤 경우에도 우대

---

76. 기존 한국어 번역은 『괴테와의 대화』, 732쪽 이하 참조.

받고 이득을 볼 수밖에 없다는, 잘 태어날 수밖에 없다는 저 깊은 형이상학적 확신이 표출되지 않나요? 또한 이 확신에는 그럼에도 불구하고, 물론 비록 현상 이면의 자유이긴 하나 의지의 자유에 대한 의식 같은 것이 들어 있지 않나요? 이건 정말로 나쁜 게 아닙니다! 혁명적인 비렁뱅이로, 이상주의적인 감상주의자로 세상에 태어나는 것을 괴테는 "어리석음"이라 칭합니다. 이것은 신의 아이들이 정신에 건네는 아이러니가 아닌가요? 자연적 공적이 있다면 자연적 죄도 있습니다. 그리고 가련한 보통 사람으로 혹은 가난하게 혹은 병들게 혹은 멍청하게 세상에 태어나는 것이 우둔한 짓이라면 이 범죄자는 경험적으로 비로소 벌 받을 만한 것이 아니라 형이상학적으로 이미 **벌** 받을 만한 것입니다. 공적과 보상, 죄와 벌은 한 몸이니까요. 그리고 적어도 **한 가지** 벌이 꽝을 뽑는 어리석음을 저지른 모두에게 적용됩니다. 그 벌은 바로 영원한 파멸입니다. 반면 선택받은 자들에게는 최후에 영원한 삶 또한 주어집니다. "이름을 날린 적도 없고 고상한 뜻도 없는 사람은 원소 중의 하나일 뿐이지요. 그럼, 가보구려!"[77] 하지만 이름을 날리고 고상한 뜻을 가질 가능성은 어쨌든 경험

자유와 고귀함
....

적인 의지의 자유와는 관련이 없으므로 이 "그럼, 가보구려!"라는 말에는 굉장히 무자비한 뜻이 들어 있습니다. 그리고 만약 '은총에 의한 선택' 개념이 형이상학적 타락 개념과 호응한다면, 즉 기독교적 개념이라면, 여하튼 기독교는 이 개념을 통해 자신의 가장 귀족적인 면을 과시하는 것입니다…….

---

77. 『파우스트』, 9,981~9,982행.

귀족적 우아함

실러와 도스토옙스키가 병든 자들이었고 그렇기에 괴테와 톨스토이처럼 존경받을 만한 고령에 이르지 못했다는 점은 우연이 아닌 듯합니다. 이 점은 오히려 그들의 본질과 깊은 관련이 있는 것 같습니다. 그 밖의 외적인 사실, 그러니까 두 위대한 조형가이자 사실주의자가 고귀한 출신이었으며 사회에서 특권적인 지위를 가지고 태어난 반면, 이념의 영웅이자 성자, 즉 각각 슈바벤 군의관의 아들과 모스크바 빈민 구제 병원 의사의 아들인 실러와 도스토옙스키가 서민층의 자식이었으며 제한되고 볼품없으며 품위 없다고 할 환경에서 온 세월을 보냈다는 사실 역시 마찬가지로 상징적입니다. 제가 이 전기적 사실을 상징적이라 부르는 까닭은 거기에서 정신의 기독교성이 입증되기 때문입니다. 정신의 나라는 개인적인 면에서나 이념적, 예술적인 면에서나 성경 말씀처럼 "이 세상에 속한 것이 아닙"[78] 니다. 자연과 그 총아들의 왕국과 영원히 대조를 이루지요. 이들의 본질과 귀족성은 실제로 완전히 "이 세상", 육체적이고 이교적인 세상에 속하지요. 이들의 '사실주의'는 여기에 근거합니다. 또한 두 사람은 괴테도 그렇고 톨스토이도 그렇고 자신의 특권적 출신을 소박하게 기뻐하고, 심지어는 중히 여기며 거기에 완전히 사로잡힌 모습을 보일 정도로 충분히 사실주의자였습니다. 하지만 그들 스스로는 그러한 이점을 상징적으로 받아들였습니다. 또한 그 의식은 자신이 더 수준 높고 초사회적이고 인간적인 고귀함을 지녔다는 느낌과 천진난만한 방식으로 교차하고 섞입니다. 이 점이 분명치 않았더라면 특권적 출신에 대한 그들의 태도는 필시 기이하게 비정신적으로 느껴질 것입니다. 괴테는 자신이 상류

---

78. 요한복음 18:36. "내 나라는 이 세상에 속한 것이 아니라"(대한성서공회, 독일성서공회판 성경전서 참조).

시민 출신이라는 점을 너무도 마음에 들어 했습니다. 그렇기에 귀족 작위증을 받았을 때 그것은 그에게 "아무것도, 전혀 아무것도" 아니었습니다. 그는 이렇게 말했습니다. "우리 프랑크푸르트 명문가는 우리 자신을 항상 귀족과 똑같다고 여겼네." 하지만 동일한 대화와 맥락 속에서 그는 군주의 종복으로서 자신에 대한 평판을 반박하려고 이런 말도 합니다. "그래, 나는 있는 그대로의 나 자신에게 만족하고 있었고 나 자신이 고귀하다고 느꼈지. 그렇기 때문에 사람들이 나를 군주로 만들었다 해도 나는 그것을 특별히 이상하게 생각하지 않았을 거네."[79] 곁다리로 말하자면, 괴테는 마음만 먹었으면 군주가 될 수 있었을 것입니다. 괴테가 나폴레옹의 요청에 따라 파리로 옮겨 가 활동했더라면 그곳에서 그는 나폴레옹이 원한 「카이사르Cäsar」를 썼을 것입니다.[80] 그리고 괴테는 그 작품에서 "하잘것없고", "비열한" 살인자들을 향한 젊은 시절의 증오를 자유롭게 풀어 놓기만 하면 됐겠죠. 그러면 황제는 틀림없이

---

79. 기존 한국어 번역은 『괴테와의 대화』, 644~645쪽 참조.
80. 나폴레옹은 괴테에게 카이사르를 다룬 비극 작품을 집필해 달라고 요청한 바 있다.

그를 군주로 만들어 주었을 겁니다. 나폴레옹 본인이 코르네유[81]를 군주로 만들어 주겠다고 한 것처럼요. 제가 말해 두고 싶은 것은 괴테의 자아감 속에서 좋은 사회적 출신에 대한 의식이 그의 인간적 귀족성, 신의 아이로서의 특성에 대한 의식과 얼마나 가까운가 하는 점입니다. 이 두 가지 의식은 한데 합쳐져 하나의 귀족 의식 혹은 "타고난 공적"이 됩니다.

레프 톨스토이 백작은 익히 알려진 것처럼 러시아의 가장 오래되고 가장 고귀한 귀족 가문 중 한 곳 출신입니다. 예를 들어 『유년 시절』이나 세련된 모스크바 사회에서 나온 소설인 『안나 카레니나』 같은 작품들을 읽으면 무엇보다 그 작가가 최상의 성장 환경에서 자란 사람이라는 느낌이 듭니다. 『시와 진실』이나 『친화력』을 읽을 때 계속 드는 느낌과 똑같죠. 그리고 우리는 바로 괴테에게서 확인했던 내밀하고, 어쩌면 천진난만한 현상을 톨스토이에게서 다시 발견합니다. 귀족 혈통, 그리고 위대한 재능이 수여하는 영예는 둘 다 그의 것이었습니다. 그냥 두 가지는 그의 것이었으니까요. 그리고 톨스

---

81. 피에르 코르네유(Pierre Corneille, 1606~1684). 프랑스 고전 비극의 아버지. 나폴레옹은 코르네유를 굉장히 좋아했다.

토이는 엄습해 오는 온갖 회오에도 불구하고 자기 자신에게서 아주 많은 기쁨을 느꼈는데 두 가지 관념은 이 기쁨 속에서 하나가 됩니다. 그는 장인에게 쓴 편지에서 작가로서의 명성이 자신을 매우 행복하게 한다고 씁니다. 작가이자 귀족인 것이 굉장히 좋다고 하지요. '작가이자 귀족' —— 그는 자신의 모든 기독교, 자신의 모든 '무정부주의'에도 불구하고 이 인격 조합을 몹시 표가 나게 연기하는 일을 관두지 않았습니다. 투르게네프는 젊은 톨스토이와 알게 되었을 때 이렇게 말했습니다. "그에게서는 단 한 마디 말, 단 하나의 동작도 자연스럽지 않다. 그는 계속해서 자세를 취한다. 그토록 영특한 남자가 어떻게 자신의 멍청한 귀족 작위에 대해 유치한 자부심을 가질 수 있는지 나로서는 알 수 없는 일이다." 한 프랑스 출판업자에게 "나는 톨스토이의 구두끈을 풀어 줄 자격이 없습니다."라고 말한 사람이 바로 투르게네프라는 점을 감안하면 당시 그가 한 말은 아마도 진실에 근거했을 것입니다. 늙은 톨스토이에 관해서는 고리키가 이렇게 이야기합니다. "그는 겉으로는 편하게 민주주의적인 태도를 취함으로써 많은 사람을 착각에 빠뜨렸다. 그리고 나는 입은 옷에

귀족적 우아함
....
113

따라 사람을 판단하는 러시아인들이 특유의 역겨운 '솔직함'을, 보다 정확히 말하자면 '돼지우리의 친근함'을 쏟아 내는 모습을 자주 보았다. 그러다가는 돌연 농부 같은 수염 속에서, 민주주의적인 구겨진 블라우스 속에서 늙은 러시아 '바린barin'[82]이, 지체 높은 귀족이 모습을 드러냈다. 그러면 그에게서 나오는 견딜 수 없는 냉기에 순박한 방문객의 코가 즉시 새파래지고 마는 것이었다. 가장 순수한 종족에 속하는 이 피조물을 보는 것, 그가 움직일 때의 고상한 우아함을, 그가 말할 때의 긍지에 찬 겸양을 관찰하는 것, 그의 살벌한 말에서 세심하게 고른 예리한 표현을 듣는 것은 즐거운 일이었다. 그는 그 머슴 같은 자들을 대할 때 딱 필요한 만큼 '바린'의 모습을 드러냈다. 그자들이 톨스토이 안의 '바린'을 깨울 때면 그것은 가볍고도 자연스럽게 나타났다. 그러면 사람들은 그 위세에 짓눌려 움츠러들고 낑낑거렸다." —— 새파란 코는 바이마르의 추억, 그곳에서 괴테를 접견하고 경의를 표하던 장면에 대한 으슬으슬한 추억을 상기시킵니다. 다만 괴테는 첫째로

---

82. 옛 러시아의 귀족을 가리키는 말.

애초에 '편한 민주주의자'를 연기할 정도로 악의적이지 않았다는 점, 그리고 둘째로 그의 가장 대표적인 표정 뒤에는 톨스토이가 지녔던 것보다 더 많은 애정이 숨어 있었다는 점은 제외하고요. —— 투르게네프의 형안은 톨스토이의 마지막 비밀이자 가장 끔찍한 비밀이 그가 자기 자신 외에는 아무도 사랑할 수 없다는 점이라고 평가했습니다. 고리키가 말한 의미의 "즐거운 일"이란 가령 페트로프스키의 연시年市에 간 톨스토이를 보는 것입니다. 톨스토이는 1870년대에 베르스[83]와 함께 사마라에 있는 영지에서 그곳으로 갔고 농부들, 카자크인들, 바슈키르인들, 키르기스인들이 이룬 혼잡한 북새통 속에서 살가운 태도로 많은 인기를 끌었지요. 전하는 바로는 심지어 술 취한 이들과도 거리낌 없이 대화를 나눴다고 합니다. 그러던 중에 조용하고 특징적인 작은 사건이 하나 일어납니다. 어느 술 취한 농부가 다정함이 과한 나머지 그를 껴안으려 한 것입니다. 그러자 레프 니콜라예비치의 눈에서 "엄격한", "의미심장한" 시선이 농부에게 꽂히고 그 남자는 술이 확 깨서 동작을

83. 톨스토이의 장인.

멈추죠. "농부는 절로 양손을 떨어뜨리고 말했다. '아니, 이걸로 됐습니다.'" 무엇이 그 시선에 들어 있었을까요? 무엇이 그토록 술을 확 깨게 했고, 거절하고 제지하는 인상을 주었을까요? '바린'의 의식이었을까요 아니면 대문호의 의식이었을까요? 바로 이 경우에 그것은 절대 구별할 수 없습니다. 그 점이 주관적으로도 그렇고 객관적으로도 구별되지 않았음에는 의심의 여지가 없습니다.

"레프 니콜라예비치가 사람들 마음에 들고자 하면" 고리키는 이야기합니다. "그는 영리하고 아름다운 여자보다 더 쉽게 그리할 수 있었네. 그의 방에 앉아 있을 법한 온 사람들의 무리를 떠올려 보게나. 대공 니콜라이 미하일로비치, 그 집안의 화가인 일리야, 얄타에서 온 사회민주주의자, 음악가, 독일인, 시인 불가코프 기타 등등. 그리고 모두가 똑같이 연모의 눈으로 그를 바라보는 거지. 그가 노자의 가르침을 설명하는 동안 말이야……. 나는 다른 이들과 똑같이 그를 바라보곤 했지. 그리고 이제 나는 그를 다시 한 번 보기를 갈망한다네. 하지만 결코 다시 보지는 못할 거야." —— 모든 이의 눈에 그런 연모를 불러일으킨 게 노자의 가르침은 아니었다는 점, 이것 하나는 분명합니다. 노자의 가르침은 그것을 설명하는 사람 없이는 일반적으로 아주 미미한 관심만을 받았을 것입니다. 그리고 저 '모든 이의 눈에 깃든 연모'는 카를 아우구스트 대공[84]이 괴테에게 러시아에서 온 나폴레옹 황제의 안부 인사를 전하며 "천국과 지옥에서 자네에게 추파를 던지고 있군." 하고 덧붙였을 때 염두에 둔 것과 정확히 일치합니다.

그 밖에 톨스토이가 입던 민주주의적인 무지크[muz-hik][85] 블라우스는 늘 아주 깨끗했고 부드러운 고급 천으로 만들어져 굉장히 편안하고 포근했으며 속옷에는 향수가 뿌려져 있었습니다. 그가 스스로 속옷에 향수를 뿌렸다는 말이 아니라 백작 부인이 그랬다는 겁니다. 그것을 몹시 좋아했던 톨스토이는 아무것도 알아채지 못하는 척했죠. 오로지 채식만 하던 그가 채식 요리에 고기 수프가 곁들여진 것을 알아채지 못하

---

84. 카를 아우구스트(Karl August, 1757~1828). 작센-바이마르-아이제나흐 공국의 대공. 괴테를 바이마르로 초빙하고 정치가로 기용했다.
85. 제정 러시아 시대의 농민을 가리킨다.

는 척한 것처럼요. "그의 얼굴은 농부의 얼굴이었다." 한 증인이 이야기합니다. "넓적한 코, 볕에 그은 피부와 빽빽하고 툭 튀어나온 눈썹, 그 아래에는 작고 날카로운 잿빛 눈이 붉거져 있었다. 하지만 농부 같은 얼굴 모양에도 불구하고 사람들은 레프 니콜라예비치에게서 최상류층 사회의 구성원, 처세에 능하고 품위 있는 러시아 신사의 면모를 즉시 알아보았다." 가령 대공과 영어나 프랑스어로 담화를 나누는 톨스토이의 모습은 괴테를 강하게 연상시킵니다. 괴테는 군주를 모셨으며 처세가다운 노련함과 품위의 범속성을 자신의 인간적, 신적 귀족성과 결합시킨다고 해서 귀족성에 해가 된다고는 생각하지 않았지요. 톨스토이가 런던에서 알렉산드르 게르첸[86]을 방문했을 때 게르첸의 딸인 젊은 나탈리야 알렉산드로브나는 간청한 끝에 어둑한 방구석에 있으면서 『유년 시절, 소년 시절』의 저자를 몸소 볼 수 있었습니다. 두근거리는 가슴으로 톨스토이가 나타나기를 고대하던 그녀는 그러나 최신 유행으로 차려입고 매너가 훌륭하며 오로지 런던에서 본 닭싸움과 권투

---

86. 알렉산드르 게르첸(Aleksandr Gercen, 1812~1870). 러시아의 작가이자 사상가.

이야기만 하는 남자를 보고 쓰라린 실망감을 맛보았습니다. "나는 함께했던 그 유일한 자리에서 진심으로부터 우러나오는 단 한 마디 말도, 나의 기대에 부응할 만한 단 한 마디 말도 듣지 못했다."

도스토옙스키나 실러에 관해서는 비슷한 보고가 없습니다. 이들은 결코 세속성으로 세상의 기대를 실망시킨 적이 없습니다. 정신의 아들들은 희망에 부푼 보통 사람이 자신의 영혼을 뒤흔든 이들에게 기대하는 것처럼 직접 봤을 때 종교적인 인상을 줍니다. 도스토옙스키의 심오하고 해쓱하고 비통하면서 성스러운 범죄자 얼굴은 러시아 사람들이 천재의 외모에 대하여 품는 상에 부합합니다. 실러의 대담하고 부드럽고 열광적이면서 마찬가지로 병든 인상, 셔츠 깃을 헤치고 목에 비단 네커치프를 느슨하게 두른 모습이 독일 사람들이 영웅에 대해 그릴 법한 이미지에 부합하듯 말입니다. 반면 괴테는 리머의 묘사에 따르면 푸른색 외투 차림으로 손님들 사이로 가고 있었는데, "풍부한 표정의 힘찬 얼굴에서는 햇빛과 바람의 영향을 볼 수 있었고 검고 곱슬곱슬한 옆머리가 물결치듯 얼굴을 둘러쌌다. 뒷머리는 하나로 땋아 묶었다. 감상적이고 그늘진 시인보다

는 오히려 편한 느낌의 유복한 소작인 혹은 산전수전
다 겪은 민간복 차림의 참모 장교에 가까운 모습이었
다." 앞서 언급한 두 사람 중 누구도 닭싸움과 권투에
대한 범속한 관심을 드러냄으로써 존경심 품은 사람들
을 당혹케 한 적이 없습니다. 반면 스포츠에 대한 흥미,
운동과 육체 단련, 육체적 즐거움에 대한 애호는 괴테의
삶에서도 그렇고 톨스토이의 삶에서도 특징적인 역할
을 합니다. 사람들은 이러한 성향을 "기사답다"고 부르
며, 그럼으로써 이 세상에 속하는 귀족의 육체성을
암시합니다. 리머는 괴테에 대하여 이렇게 씁니다.
"그가 얼마나 힘차고 굳건하게 두 발을 딛고 서 있는지,
얼마나 진지하고 확고한 걸음걸이와 날랜 몸놀림으로
걸어가는지 그 모습을 봐야 한다. 아침 체조, 춤, 펜싱,
스케이팅 그리고 승마, 그것도 질주와 전력 질주가
그에게 그러한 활동성과 날렵함을 부여해 주었다. 그리
하여 그는 상태가 나쁘기 그지없는 길에서도 발을 헛디
디지 않았고, 빙판, 좁은 다리, 험한 보행로와 암벽
길을 미끄러지거나 넘어질 염려 없이 쉽고 안전하게
지날 수 있었다. 그는 젊은 시절에 군주 친구들과 함께
깊은 바위틈과 자갈 사이를 이리저리 기어오르고, 탑처

럼 솟은 고지와 알프스 절벽을 영양처럼 대담하게 등반했다. 마찬가지로 지질학 연구를 하는 오십 년 내내 그에게는 어떤 산도 너무 높지 않았고, 어떤 수직 갱도도 너무 깊지 않았고, 어떤 지하 통로도 너무 낮지 않았으며, 어떤 동굴도 충분히 미로처럼 복잡하지 않았다……."

레프 톨스토이가 자신의 몸에 대해 가진 높은 관심은 부정적인 방식뿐 아니라 긍정적인 방식으로도 나타났습니다. 부정적인 것으로는 자신의 동물적 육체에 대한 기독교적이고 금욕적인 비방, 육체는 참된 선의 장애물이다 같은 문장, 또 "나의 역겨운 몸에 대해 말하기가 부끄럽다" 같은 어법이 있습니다. 그리고 긍정적인 것으로는 그가 몸을 위해 한 갖가지 수련과 좋은 행동이 있지요. 몸에 대한 관심은 그가 '고백'에서 이야기하는 저 순간에 시작됩니다. 어린아이 시절 그는 목욕물로 들어 있는 겻물의 냄새에 휩싸인 채 나무 욕조 속에 앉아 있다가 앞쪽으로 가슴에 갈비뼈가 보이는 자신의 조그만 몸을 처음으로 의식하고 즉시 강한 애착에 사로잡힙니다. 톨스토이의 얼굴은 통상적인 의미에서 못생겼지요. 그래서 그는 심히 괴로워했습니다. 그는 그렇게 넓적한 코, 그렇게 두꺼운 입술, 그렇게 작은 잿빛 눈을 가진 사람한테는 행복이라는 게 있을 수 없다고 확신했지요. 그리고 고백하길 잘생긴 얼굴을 위해서라면 모든 걸 내주었을 것이라 합니다. 죽음의 문제 때문에 고통 받는 청년, 그리고 "늙은 예언자"보다 결코 더 어린애 같지도 더 미숙하지도 않은 방식으로 온갖 고차원적이고 궁극적인 문제를 두고 골똘히 궁리하는 청년 —— 이 청년이 동시에 부단히 자신의 외모를 신경 쓰고, 우아하고 품위 있고 comme il faut 싶은 소망에 사로잡힌 모습을 보이며, 자기 몸의 미덕에, 단련에, 체조 수련에 굉장한 야심을 품고, 체조를 하고, 승마를 하고, 사냥을 하는 것입니다. 머릿속에 더 고차원적인 생각이라곤 없는 양, 그러한 생각을 품을 의도도 없는 양 말이죠. 사냥이라면 죽고 못 살았던 톨스토이는 부인에게 고백하길, 사람들과 있을 때는 소피야 안드레예브나를 결코 잊는 법이 없지만 사냥할 때는 자신의 2연발총 말고는 아무것도 생각하지 않는다고 할 정도였습니다. 한창때 그와 알게 된 사람들이 남긴 복수의 보고와 편지로부터 우리는 그가 아주 담대한 스포츠맨이었다는 것, 그가 놀라운 민첩성으로 도랑과 구렁텅이를 뛰어넘곤 했고 온종일 황야에서 시간을 보냈다는 것을 알 수 있습니다. 그보다 나은 동반자는 상상할 수 없었다고 하죠. 톨스토이 말년의 기독교식 혹은 불교식 혹은 중국식 평화주의는 당연히 동물을 죽이는 일을 금합니다. 그의 몸은 여전히 강인한 힘과 단련된 민첩성을 지녔기에 사냥이 가능했을 테고 그 역시 굉장히 사냥을 하고 싶었겠지만 말입니다. 톨스토이는 사냥에 이별을 고했습니다. 그는 스스로 시험을 해 보았고 자신이 토끼를 달아나게 놔둘 수 있다는 것을 알게 되었습니다. 그의 경우에는 정말로 힘든 일이었죠. 고리키가 전하는 다음 일화에서 우리는 이 점을 분명히 알 수 있습니다. 톨스토이가 두터운 외투를 걸치고 목이 긴 장화를 신고서 고리키를 데리고 자작나무 숲으로 산책을 갑니다. 그는 어린 학생처럼 도랑과 웅덩이를 뛰어넘고, 가지에 달린 빗방울을 털어 내고, 비단결 같은 젖은 자작나무 줄기를 애정 어린 손길로 쓰다듬으면서 쇼펜하우어 이야기를 합니다…… "갑자기 우리 발 앞에서 토끼 한 마리가 깡충 뛰었다. 레프 니콜라예비치는 흥분하여 펄떡 뛰어올랐고 얼굴이 환해졌다. 그리고 진짜배기 늙은 스포츠맨처럼 사냥 때 외치는 소리를 냈다. 그러고 나서 그는 호기심 어린 미소를 띠고 나를 바라보았고 진심으로 그리고 인간적으로 웃기 시작했다. 그 순간 그는 매혹적이었다."――늙은 톨스토이가 자기 닭들 위에서 금방이라도 덮칠 기세로 공중을 맴도는 참매를 보는 이야기는 더더욱 가관입니다. 레프 니콜라예비치는 손차양을 하고 미동도 없이 그 맹금류를 올려다보며 "흥분해서 속삭"입니다. "저 녀석…… 지금이야, 지금…… 온다…… 오, 두려워하는군…… 닭 장지기를 불러야겠어……." 그는 닭장지기를 부르고, 참매는 사라져 버립니다. 그러자 톨스토이는 후회막심하여 한숨을 쉬고 말합니다. "부르지 말았어야 했어. 벌써 덮쳤을 텐데 말이야." 그 닭들은 톨스토이의 것입니다. 그런데도 이 평화주의자이자 늙은 예언자는 참매에게 모든 감정을 이입하고 있습니다.

톨스토이는 한 편지에서 어린 아들 일류샤[87]에 관하여 이렇게 썼습니다. "일류샤는 게을러. 그 애는 성장 중이지. 그리고 그 애 영혼은 아직 유기체적 과정에 짓눌리지 않았어." 이게 무슨 소리일까요? 성장은 그

---

87. 톨스토이의 아들인 일리야 톨스토이(Ilya Tolstoy, 1866~1933)의 애칭.

자체로 유기체적 과정입니다. 만약 성장이 죄가 없다면 성장에 수반하는, 그리고 그것이 평생 동안 자신을 힘들게 했기에 톨스토이가 염두에 둔 유기체적 과정 역시 죄가 없을 것입니다. 교부敎父처럼 여자를 악마의 도구instrumentum diaboli로 보는 그의 견해는 단순히 『크로이처 소나타*Kreutzer Sonata*』 시기의 정서에 그치는 것이 아니며 그 연원은 훨씬 더 과거로 거슬러 올라갑니다. 청년 시절 일기에서 그런 생각이 이미 드러나죠. 그리고 "유기체적 과정"을 말할 때 톨스토이는 고행을 위해 모든 혐오스럽고 악취를 풍기는 육체 기능을 상세한 목록으로 작성한 초기 기독교 교황과 입장이 같습니다. 이 육체는 최후에는 또 부패라는 치욕을 당하고 만다죠. 적개심을 품은 그런 고찰을 톨스토이도 할 수 있었을 테고, 실제로도 그리했습니다. 아주 감각적인 사람이야말로 그러한 정서를 잘 아는 법입니다. 모파상은 교접 행위가 "추잡하고 우스꽝스럽다"고 한 적이 있습니다. —— 오르뒤리에 에 리디퀼레ordurier et ridicule —— 이보다 더 객관적으로 평가할 수는 없지요. 톨스토이의 경우 물론 그런 냉소적이고 쾌활한 객관성과는 거리가 멀었습니다. 유기체적인 것에 대한 그의 증오는 주관적 고통과 격정의 악센트를 띠며 우리를 뒤흔듭니다. 그러나 톨스토이는 그야말로 창조하는 힘, 유기체적 삶의 총아입니다. 그 정도로 '있는 그대로의 자기 자신에게 만족'하는 인간 존재를 찾아보려면 괴테까지 거슬러 올라가야 하지요. 예, 그 유사성은 더 자세히 말하자면 이렇습니다. 유기체적 도취에까지 이를 수 있는 축복받은 유기체적 행복이 매우 극단적인 멜랑콜리 그리고 죽음과의 심오한 친밀성과 혼합되는 방식은 두 사람에게서 똑같습니다. 라이프치히의 분방한 멋쟁이 대학생 괴테는 언제든 모임, 카드놀이, 춤을 피해 고독에 빠져듭니다. 가령 야코비가 사람들,[88] 하인제,[89] 엘버펠트의 슈틸링[90] 등 친구들 무리에서 괴테가 발한 광채와 그의 유치하고 기괴한 방종에 대해서는 증언이 충분합니다. 그는 얼굴을 찡그리고 바보처럼 탁자 주위를 돌며 춤을 춥니다. 요컨대 신비로운 취기를 주체할 줄 모릅니다. 그래서 주위에

---

88. 철학자이자 작가인 프리드리히 야코비(Friedrich Heinrich Jacobi, 1743~1819) 등을 가리킨다.
89. 빌헬름 하인제(Wilhelm Heinse, 1746~1803). 독일의 작가, 학자.
90. 하인리히 융슈틸링(Johann Heinrich Jung-Stilling, 1740~1817). 독일의 안과의사이자 경제학자.

앉은 속물들은 그를 미쳤다고 여기지요. 바로 이 사람이 '베르터'로 여러 젊은이를 자살로 몰고, 스스로도 나이트 테이블에 놓인 날카로운 단도를 매일 밤 조금씩 더 깊이 몸에 찔러 넣으려 하면서 자살을 연습한 그 괴테와 동일인인 것입니다.

우리는 똑같이 동물처럼 들뜬 모습을 톨스토이에게서도 관찰할 수 있습니다. 그는 늙어서까지 그랬습니다. 괴테 말년의 존엄과 엄숙함, 품위 있게 절제하는 태도는 없었지요. 놀랄 일이 아닙니다. 괴테가 이 슬라브 융커보다 더 진지하고 힘들고 모범적인 삶을 살았다는 점, 그리고 괴테의 문화적 작업이 톨스토이의 급진적이면서 무기력하고, 반半야만과 불합리 속에 정체된 정신화 작업보다 근본적으로 훨씬 더 현실적인 체념과 제한과 규율과 자기 제어를 요구했다는 점을 의심할 사람이 누가 있을까요? 고리키도 묘사하듯 톨스토이의 귀족적 우아함은 고상한 동물의 우아함이었습니다. 그는 결코 문명화된 자, 극기하는 자의 존엄에 도달하지 못했습니다. 톨스토이가 아이들을 데리고 벌인 장난, 아이들에게 들려준 재밌는 이야기, 아이들과 즐긴 공놀이, 야스나야 폴랴나의 뜰에서 끝없이 벌인 크로케,

론 테니스, 등 짚고 뛰어넘기 시합에 대한 이야기는 그저 사랑스러울 따름입니다. 그는 어린 세대의 활동과 오락에 함께했을 뿐 아니라 그 영혼 자체였습니다. 예순 살 난 톨스토이는 사내아이들과 달리기 시합을 하고, 30베르스타[91]가 넘는 자전거 일주로 백작 부인의 걱정을 삽니다. 한 방문객은 이렇게 이야기합니다. "활동성과 힘과 민첩성이 필요한 오락거리가 벌어질 때면 그의 눈은 놀이를 하는 사람들에게서 떨어질 줄 모르고 그는 전심을 다해 성공에 함께 기뻐하고 실패에 함께 좌절한다. 많은 경우 그는 더는 견디지 못하고 몸소 놀이에 참여하여 젊은이 같은 열정과 탄탄한 근육의 유연성을 한껏 보여 주었다. 그 모습을 사람들은 그저 시기하며 바라볼 수밖에 없었다." 가족들과 있을 때 그는 그야말로 터무니없는 짓을 벌입니다. 톨스토이는 예를 들어 그가 '누미디아 말타기'라 부르는 놀이를 고안하여 특히 아이들을 떠들썩한 열광의 도가니에 몰아넣었습니다. 레프 니콜라예비치가 갑자기 의자에서 벌떡 일어나 한 손을 들어 올리고 공중에서 손부채질

---

91. 러시아에서 쓰던 단위. 약 1,067미터에 해당한다.

을 하면서 방 안을 이리저리 뛰어다니면 아이 어른 할 것 없이 모두가 그를 본보기 삼아 따라 하는 식의 놀이였죠. 이미 말했듯이 이런 모습은 매력적입니다. 이른바 '회심' 이후 시기, 즉 영혼의 위기와 금욕적 음울함과 신학적 천착의 시기에 나타난 이 모든 들뜬 모습은 더더욱 매력적이지요. 동시에 조금 이상한 느낌도 들지만요. 그런데 톨스토이의 장인인 베르스가 이야기하는 사건에 대해서는 뭐라고 해야 할까요? 그에 따르면 저 늙은 예언자는 바로 자기 장인과 함께 방 안에서 서성이며 농담을 하던 와중에 갑자기 그의 어깨로 뛰어올랐다죠. 아마 곧장 다시 뛰어내렸을 테지만 톨스토이는 한순간 그 어깨 위에서 웅크리고 앉아 있었습니다. 흰 수염이 난 코볼트[92]처럼요. 이 얼마나 섬뜩합니까! 느닷없이 방문객의 어깨 위로 몸을 날리는 늙은 괴테의 모습을 상상한다? 말도 안 될 일이지요. 두 사람의 삶의 분위기에서 나타나는 차이는 분명합니다. 하지만 친연성 또한 그에 못지않게 분명합니다.

92. 민간 신앙에 등장하는 집의 정령. 기괴한 모습의 난쟁이로 장난스럽고 때로는 심술궂다.

회의懷疑

　　보다 자세히 보면 이념의 아이들에게는 완전히 생소한 어떤 회의가 자연의 아들들, 조형가이자 객관적인 자들에게서 특별히 눈에 띕니다. 이 회의는 그들의 삶에 깃든 모든 사랑의 광채에도 불구하고 그 삶을 독특하게 어두운 색채로 물들이고 예의 귀족다운 '있는 그대로의 자기 자신에 대한 만족'을 상당히 방해하는 것 같습니다. 우리는 회의가 정신의 일인 반면 자연의 왕국은 조화와 명확함의 왕국이라는 생각이 완전한 착오라는 인상을 받습니다. 그 반대가 맞는 것 같아 보이죠. 만약 우리가 '행복'이라 부르는 것의 근간이 조화, 명확함, 자기 자신과의 일치, 목적의식, 긍정적이고 믿음 깊고 결단력 있는 성향, 즉 요약해 영혼의 평화라면 아마 정신의 아들들은 자연의 아이들보다 훨씬 더 쉽게 행복에 닿을 수 있을 것입니다. 반대로 자연의 아이들은 '순진함'이 자신들의 몫일 텐데도 소박함과 명확함의 평화와 행복을 결코 얻지 못하는 것처럼 보이며 자연 스스로는 그들의 본성 속에 미심쩍음, 모순, 부정, 광범위한 의심 같은 요소를 섞습니다. 그것은 선량한 요소가 아니기에 행복의 요소가 절대 아닙니다. 정신은 선합니다. 자연은 전혀 그렇지 않습니다. 만일 자연에 관해서 도덕적 범주가 허락된다면 우리는 자연이 악하다고 말할 테지만요. 즉 자연은 선하지도 악하지도 않으며, 이것과 저것을 가르는 판단을 피합니다. 가르고 판단하는 일 자체를 거부하지요. 자연은 객관적으로 말해 무관심하며, 이 무관심은 자연의 아이들에게서 정신적, 주관적으로 나타날 때 회의가 됩니다. 이 회의는 행복과 선량함보다는 고통과 악의와 더욱 관련이 있으며, 인간답고 인간에게 우호적인 정신처럼 평화를 가져오려는 게 결코 아니라 의심과 혼란을 가져오려는 것처럼 보입니다.

아시다시피 저는 지금 파우스트적인 "두 개의 영혼"
의 비교적 무해한 대립, 즉 강한 동물적 소질에 따른
충동과 "숭고한 선인들의 영계靈界"[93]를 향한 동경 사이
의 투쟁을 말하는 게 아닙니다. 괴테가 말하는 이 투쟁,
이 문제는 아주 깊은 경험으로부터 우러나온 것이죠.
그리고 이 문제는 톨스토이의 젊은 시절을 몹시 무겁고
후회로 너덜너덜하게 만들었을 뿐 아니라 노년에 이르
기까지 평생 그와 동반했지요. 제가 말하는 것은 일단은
훨씬 가볍고 쾌활한 느낌을 주는 것입니다. 가령 라바터
와 바제도 사이에 있는 괴테와 같은 상황입니다.[94]
여기에서 괴테는 자신을 "가운데에 있는 세상의 아이
Weltkind"라 칭하지요. 가볍고 쾌활하고 자기도취적으
로 들리는 말입니다. 아마 실제로도 그런 뜻이었을
것입니다. 하지만 이 "세상의 아이"라는 말과 그에

---

93. 『파우스트』, 1,117행.
94. 괴테의 시 「라바터와 바제도 사이에서(Zwischen Lavater und
    Basedow)」에 나오는 상황. 괴테는 성직자인 요한 카스파르 라바터
    (Johann Kaspar Lavater, 1741~1801)와 신학자이자 교육학자
    인 요한 베른하르트 바제도(Johann Bernhard Basedow, 1724~
    1790)와 함께 란강과 라인강을 여행한 적이 있다(『괴테 시 전집』,
    161~162쪽 참조).

상응하는 존재 속에는 어두움과 어려움과 회의가 있습니다. 그와 반대로 '예언자적'[95] 존재 형식은 다름 아닌 빛과 순진함과 솔직함입니다. 폰 뮐러 재상[96]은 언젠가 이렇게 썼지요. "괴테의 부정적 성향과 뭐든 믿지 않는 중립적 태도가 다시 한 번 눈에 띄게 드러났다." —— 고리키는 톨스토이에 대해 이렇게 씁니다. "추측컨대 그가 결코 누구에게도 말하지 않을 것, 그저 암시적으로만 그의 대화 속으로 슬그머니 들어오며 그의 일기에서도 넌지시 드러나는 것, 그것은 나에게 일종의 '모든 긍정의 부정'처럼 보였다. 몹시 심하고 몹시 경악스러운 이 허무주의는 끝도 희망도 없는 절망의 지층으로부터, 아마 그를 제외하고는 누구도 그토록 끔찍할 만큼 똑똑히 경험하지 않았을 고독으로부터 비롯되었다." 누구도 경험하지 않았을 고독이라고요? 이루 측량할 수 없을 만큼 많은 서정이 깃든 인물인 메피스토펠레스를 창조한 사람은 톨스토이가 아니었습니다. 물론 메피스토펠레스적 요소는 그의 삶에서, 모든 단계에서 결코 빠지지

---

95. 앞선 시에서 괴테는 라바터와 바제도를 '예언자'라 칭한다.
96. 프리드리히 폰 뮐러(Friedrich von Müller, 1779~1849). 바이마르 공국의 재상을 지냈으며 괴테와 가까운 친구 사이였다.

않았지만요. 톨스토이가 자신의 인생관이라 부른 것을 세우기 위해 벌인 부단하고 고통에 찬 노력, 다시 말해 진리와 명확함, 내적 평화에 도달하려는 노력은 젊은 시절의 음울한 과민성과 난폭성을 통해 일부 표출됩니다. 그 결과는 여러 차례의 결투 사건이었죠. 젊은 톨스토이는 결투를 극도로 진지하게 받아들였고 그에게 결투는 실제로 죽고 죽이는 일이었습니다. 다른 일부는 악의적인 거절증, 대체로 적대적인 반항심을 통해 나타납니다. 이 반항심은 사람들이 명확히 단언하듯 완전히 메피스토펠레스적인 느낌을 주었습니다. 비록 그것은 분명 허무주의적인 의미가 아닌 도덕적인 의미의 반항심이었고 '참된 것'이 아닌 것만을 겨냥하려 했지만요. 그러나 기실 모든 것이 표적이었습니다. 사람들은 젊은 톨스토이에게서 "처음부터, 사고의 영역에서 받아들여지는 모든 법칙에 대한 일종의 무의식적인 적개심"을 발견했습니다. "어떤 견해가 표명되든 마찬가지였다. 그는 말하는 자의 권위가 크면 클수록 더더욱 반대 입장을 강조하고 야멸차게 대답하는 태도를 고수했다. 만약 그가 귀를 쫑긋 세우고 이야기를 듣는 모습을 지켜본다면, 빈정대듯 입술을 삐죽이는 모습을 자세히 살펴본다면, 그가 어떤 질문에 대답할 생각을 한다기보다는 어떤 견해, 그러니까 필시 질문하는 자를 깜짝 놀라고 혼란스럽게 할 견해를 말하려 생각한다고 여길 수밖에 없을 것이다." 이것은 허무주의입니다. 악의입니다. 그러나 사실 냉혹한 악의가 아니라, 명확함과 진리를 가졌다고 믿는 모든 이에 대한 고통스러운 시샘입니다. 명확함과 진리에 대한 불신입니다. 이 시샘과 이 불신은 특히 명확하고 인간적인 투르게네프를 향합니다. 톨스토이는 절대 그와 사이가 좋지 않았죠. 투르게네프는 말했습니다. "톨스토이가 일찍이 발전시킨 성격적 특성은 그의 음울한 인생관의 근간을 이루기에 그 자신에게 굉장히 많은 고통을 낳는다. 그는 사람들의 솔직함을 결코 믿지 못했다. 모든 감정이 그에게는 허위로 보였으며 그는 비범하게 날카로운 눈빛 덕에 자신이 거짓되다고 여기는 사람을 꿰뚫어 보는 습관이 있었다." 그리고 투르게네프는 이 말에 덧붙이길, 그는 살면서 이 날카로운 시선의 작용보다 더 자신의 기를 꺾을 만한 것을 결코 알지 못한다고 고백합니다. 그 시선은 —— 두서너 마디 독설과 결합하여 —— 자제력이 특별히 강하지 못한 모든 이를 미치기 일보 직전까지 몰아갈 수 있다고요. 그런데 투르게네프는 자제력이 강한 사람이었습니다. 문학적 성공의 정점에서 그는 자기 자신과 조화롭게 살아가는 자의 평정심으로, 평온하고 유쾌하게 이 손아래 동료의 회의적 태도와 맞섰습니다. 하지만 바로 이러한 안정감이 톨스토이를 자극했습니다. 그는 옳은 일을 한다는 확신에 가득 찬 인상을 주는 이 평온하고 선량한 사람을 미쳐 날뛰게 만들려고 작정한 듯 보였습니다. '톨스토이는 '옳은 일'을 알고 행한다는 바로 그 확신을 가진 사람들을 못 견뎌 했습니다. 왜냐하면 자신은 무엇이 '옳은 일'인지 전혀 몰랐으니까요. 가르신[97]은 말했습니다. "그의 견해에 따르면 사람들이 좋은 사람이라 여기는 자들이란 자기의 선량함을 과시하고 자신의 일이 좋은 목적에 봉사한다고 확신하는 체하는 위선자일 뿐이었다." 투르게네프 역시 톨스토이의 이 별나고 음울하고 악의적인 성향을 알았습니다. 그래서 자신이 '옳다'고 아는 것을 고수하고 자제력을 잃지 않으려 결심하고 그를 피했습니다. 투르게네프는 당시 톨스토

---

97. 프세볼로트 미하일로비치 가르신(Vsevolod Mikhailovich Garshin, 1855~1888). 19세기 러시아의 작가.

이가 살던 페테르부르크를 떠나 모스크바로, 이어서 자신의 영지로 갔지요. 그러나——이 점은 톨스토이의 마음 상태를 무엇보다 잘 특징지어 주는데——톨스토이는 그를 뒤쫓아 갔습니다. 톨스토이는 한 걸음 한 걸음 그를 따라갔습니다. 투르게네프 본인의 말을 따르자면 "사랑에 빠진 여인처럼"요.

이 모든 것은 아주 주목할 만하고 강렬합니다. 무엇보다도 고리키가 이야기하는 늙은 톨스토이가 젊은 톨스토이 안에서 얼마나 완벽히 예비되어 있었는지 알 수 있지요. 그가 '옳은 것', 참된 것, 진실된 것, 부정할 수 없는 것을 발견한 적이 있던가요? 톨스토이는 그런 게 다른 이들을 위한 것이라 생각했고 그걸로 만족했습니다. 그는 "루소는 거짓말을 했고 자신의 거짓말을 믿었다."라고 말했습니다. 톨스토이도 자신의 거짓말을 믿었을까요? 하지만 그는 전혀 거짓말을 하지 않았습니다. 그는 본원적이고 허무주의적이고 악의적이고 속을 알 수 없는 사람이었습니다. 톨스토이가 묻습니다. "정말로 알고 싶소?"——"물론입니다."——"그렇다면 말하지 않겠소." 그러고는 미소를 지으며 엄지손가락을 만지작거립니다. 이 미소, 이 "교활하고 가벼운 미소"는 고리키의 묘사에서 계속 반복됩니다. 그것은 탈도덕적일 뿐만 아니라 탈정신적이고 탈인간적입니다. 그것은 인간에게 우호적이지 않고 혼란에서 쾌락을 느끼는 자연적인 것, 본원적인 것의 비밀입니다. 고리키에 따르면 노인 톨스토이는 음흉한 질문을 던지기를 좋아했습니다. "스스로에 대해 어떻게 생각하시오?" "아내를 사랑하오?" "내 아내는 어떻소?" "날 좋아하시오, 알렉세이 막시모비치?"[98] ── "이건 흉계다!"라고 고리키는 외칩니다. "그는 내내 실험을 하고 무언가를 시험한다. 싸우러 가는 양 말이다. 흥미롭지만 내 취향에는 맞지 않다. 그는 악마다. 그리고 나는 아직 강보에 싸인 아기다. 나를 가만히 좀 내버려 두었으면."

어느 날 고리키는 늙은 톨스토이가 홀로 바닷가에 앉아 있는 모습을 봅니다. 고리키의 회상에서 정점을 이루는 장면이지요. "그는 양손으로 고개를 받친 채 앉아 있었고 불어오는 바람에 은빛 수염이 손가락 사이로 나부꼈다. 그는 저 멀리 바다를 바라다보았고 푸르스름한 작은 물결이 그의 발치로 순순히 굴러와 발을

98. 고리키를 가리킨다.

어루만졌다. 이 늙은 마술사에게 무언가 자기 이야기를 하려는 듯⋯⋯. 내가 보기에 그는 생명을 얻은 태곳적 돌과 같았다. 모든 것의 시작과 끝을 알며 돌, 땅의 풀, 바다의 물, 모래알부터 태양까지 천지 만물의 끝이 언제 어떻게 올지 사유하는 돌. 그리고 바다는 그의 영혼의 일부분이고 그를 둘러싼 모든 것은 그에게서, 그로부터 비롯된다. 이 늙은 남자가 생각에 잠겨 미동도 않는 모습에서 나는 운명적이고 마법 같은 무언가를 느꼈다. 나는 그 순간 내가 생각했다기보다는 느낀 것을 말로 표현할 수가 없다. 내 마음속에는 환희와 두려움이 있었고, 곧이어 모든 것이 단 하나의 더없는 행복감 속으로 녹아 버렸다. '저 남자가 세상에 살아 있는 한 나는 이 세상에서 천애고아가 아니구나.'" 그리고 고리키는 발밑에서 모래가 바삭거려 노인의 생각을 방해할까 "발끝으로" 살금살금 자리를 뜹니다.

　여기에서 고리키가 묘사하는 신비한 경외감은 우리가 이념의 영웅들을 볼 때 사로잡히는 그런 경외감이 아닙니다. 도스토옙스키도 그렇고 실러도 그렇고 그들이 아무리 성스러운 느낌을 주었더라도 이런 식의 두려움과 전율을 불러일으키지는 않았습니다. 이 점은 확실합니다. 하지만 괴테가 불러일으킨 경외감 역시 비록 같은 종류이긴 하나 톨스토이를 향한 경외감과 비슷할 수는 없었습니다. 톨스토이의 이러한 위대함과 고독은 원초적 이교성과 야성을 지니며 모든 문명에 선행합니다. 거기에는 인문주의적, 인간적 요소가 없습니다. 영원한 바다의 가장자리에 앉아 모든 것의 시작과 끝을 사유하는 노인, 모든 걸 알고 만물과 연결되었으며 생각에 잠긴 이 태곳적 노인은 인간 이전의 섬뜩하고 어슴푸레한 감각 세계를, 웅얼거림과 룬 문자의 세계를 불러냅니다. 그가 무슨 생각에 잠겼는지는 밤에 노르넨[99]이 여러분에게 말해 주지요. 감동을 받은 관찰자 고리키가 말하길 톨스토이는 생명을 얻은 태곳적 돌과 같습니다. 그러니까 한낱 돌 말입니다. 괴테처럼 문화의 작품이 아니라, 만들어 낸 신의 형상이 아니라, 인간이 아니라요. 이 점에서 괴테의 인문주의적 신성은 고리키가 "그는 악마다."라고 한 톨스토이의 원초적 이교성을 띤 조야한 신성과 분명 차이를 보입니다. 하지만 깊은 곳에는 공통점이 남아 있습니다. 괴테에게

---

99. 북구 신화에 나오는 운명의 여신들.

도 본원적인 면, 어두운 면, 중립적인 면, 악의적이고 혼란을 일으키는 면, 부정적이고 악마적인 면이 있습니다.

괴테는 교만하면서도 은근한 괴로움이 담긴 말을 한번 한 적이 있습니다. 이 말은 지혜와 명확함과 질서가 담긴 많은 말보다 그의 내면을 보다 깊숙이 들여다보게 해 줍니다. 괴테는 말했습니다. "내가 다른 사람의 견해를 경청하려면[그러니까 그것을 받아들이는 게 아니라 그저 경청하려고만 해도] 그 견해는 반드시 긍정적인 것이어야 한다. 회의적인 면은 나 자신 안에 충분하다."[100] 이것은 거만한 요구의 형태를 띤 고백입니다. 이 고백은 올림푸스적이고 명령적인 어조를 띱니다. 그것을 말하는 목소리에는 자신의 회의적인 성격에 괴로워하며 넌더리를 치는 초조한 떨림이 있습니다. 그래서 외부를 향해서는 신경질적으로 계속 긍정적인 것을 요구하는 거지요……. 여행 중에 괴테와 알게 된 누군가는 이렇게 씁니다. "그의 한쪽 눈에서는 천사가 바라다본다. 다른 쪽 눈에서는 악마가 바라다본다.

100.『빌헬름 마이스터의 편력시대』 중.

그가 하는 말은 모든 인간사에 대한 심오한 아이러니이다." 모든 인간사라고요? 대단합니다. 그러나 정답지는 않습니다. 그렇지만 괴테 자신도 결국은 인간입니다. 그와 자주 만난 어떤 이는 이렇게 알립니다. "오늘 그는 전반적으로 예의 신랄하고 유머러스한 분위기를 풍겼으며 궤변을 늘어놓으며 반대하는 태도를 보였다. 그에게서 자주 볼 수 있는 모습이다." 여기에서 우리는 다시 한 번 부정, 악의, 반항심, 독설을 확인합니다. 젊고 온유한 줄피츠 부아스레[101]는 일기에서 이에 대해 넋두리를 늘어놓습니다. "11시에 나는 다시 괴테와 함께이다. 비방하는 소리가 다시 시작된다." 괴테는 정치, 미학, 사회, 종교, 독일, 프랑스, 친親그리스주의, 정당 등등에 대해 욕을 늘어놓습니다. 불쌍한 부아스레가 "이 모든 조롱하는 말들을 듣고 있자니 마지막에는 브로켄산[102]에 온 것처럼" 느낄 정도죠. "브로켄산"이라, 심한 소리입니다. "조롱"이란 단어를 생각하면 너무

---

101. 줄피츠 부아스레(Sulpiz Boisserée, 1783~1854). 독일의 미술품 수집가이자 예술사가, 건축사가. 괴테의 가까운 친구였다.
102. 전설에 따르면 마녀들이 이 산에 모여 잔치를 벌인다. 『파우스트』에서 '발푸르기스의 밤'의 배경이다.

심한 표현이지요. 아니면 너무 약한 표현이거나요. 후자 쪽이 더 그럴듯하지요. 여하튼 1826년의 기록은 고령의 노인 괴테가 여전히 어떻게 신실한 사람들을 혼란에 빠뜨릴 수 있었는지 보여 줍니다. 절대 멍청할 리 없는 한 관찰자는 괴테에 대해 한마디 적었습니다. 이 말은 비밀스러운 공포를 불러일으키고 왠지 우리를 얼어붙게 만듭니다. "그는 부드럽지 않으면서 관대하다!" 이게 무슨 소리인지 잘 생각해 보십시오! 우리의 인간적 경험에 따르면 관대함과 관용은 항상 부드러움 그리고 인간과 세계에 대한 우호적 태도와 결부되어 있습니다. 우리가 알기에 그것은 사랑의 산물입니다. 그런데 부드럽지 않은 관대함, **딱딱한** 관대함이라 —— 이건 뭘까요? 그것은 탈인간적인 냉담한 중립성입니다. 신적이거나 악마적인 것이지요…….

자연과 국민

모든 국민적 본질은 자연의 영역에 속하고 모든
세계주의적 경향은 정신의 영역에 속한다, 새로울 게
하나도 없는 이야기입니다. 하지만 우리는 그 점을
되새겨 봄으로써 머릿속을 정리하고 문제를 조망할
수 있을 것입니다. '종족적ethnisch'이란 단어는 대개
우리가 함께 놓고 생각하는 데 익숙지 않은 것을 한데
묶어 줍니다. 그것은 바로 이교적인 것과 민족적인
것이라는 개념입니다. 이로써 그 반대, 다시 말해 온갖
초국가적이고 인간적인 성향은 사상적인 측면에서 정
신적 기독교로 받아들여집니다.

그렇다면 우리는 이른바 괴테의 확실한 이교성에서 (괴테는 『편력시대』에서 유대교를 종족적, 이교적 종교이자 민족 종교로 치지요) 논리상 반인간적이고 민족적이며 국민적인 근본 태도를 예상해야 마땅할 것입니다. 괴테에게서 바로 그런 근본 태도와 '본성'을 예상하는 게 완전히 그릇된 일인가 아닌가를 두고 이러쿵저러쿵 이야기할 수 있을 것입니다. 하지만 괴테는 스스로를 인문주의자이자 세계시민으로 의식했으며, 올림푸스적 신성에도 불구하고 고도로 정신적인 기독교도였습니다. 니체는 괴테가 역사적, 심리적으로 "헬레니즘과 경건주의 사이"에 위치해 있다고 규정했습니다. 이로써 그는 괴테의 본성에 있는 조형적인 면과 비판적인 면, 소박한 면과 감상적인 면, 고대적인 면과 현대적인 면을 말합니다. 왜냐하면 괴테의 '경건주의'는 다름이 아니라 그의 현대성이니까요. 수많은 세기 동안의 기독교적 내면 문화와 한 세기 동안의 경건주의적, 자기성찰적, 자서전적 연습을 거친 후에야 비로소 『젊은 베르터의 고뇌』 같은 작품이 탄생할 수 있었습니다. 그 말인즉슨 우리가 앞서 이야기한, 신의 아이의 귀족적인 애정 요구는 자서전적 충동 속에서 기독교적이고 민주주의적인 요소와 섞입니다. 그러니까 톨스토이가 자기 고백의 출발점이라 여기고 싶어 한 바로 그 "민주주의적 경향" 말입니다. 그는 루소식으로 "그야말로 완전히 진실에 충실한 인생 이야기를 쓸 것"을 결심하며 이 이야기가 예술적 천박함으로 가득한 앞선 열두 권 작품보다 "사람들에게 더 유용할 것"이라고 생각합니다. 톨스토이는 자신의 앞선 작품들에도 이미 오래전부터 있던 도덕적, 자서전적 특성에 대해서는 전혀 알지 못하는 것 같습니다. 그는 예전 작품들을 이교적이고 조형적이라고, 호사스럽다고, "무책임"하다며 부정합니다.

괴테는 알려졌다시피 '십자가'를 몹시 혐오했음에도 불구하고 자주 그리고 의미심장하게 기독교 이념을 향한 경외심을 고백했습니다. 교육주에 있는 고통의 성전聖殿은 놀라운 만큼 중요합니다. 그리고 괴테는 교회에서 "무언가 약하고 불안정한 점"을 보고 그 교의에서 "너무나도 많은 어리석은 점"을 발견하면서도 "복음서 속에는 어떤 숭고함이 반영되어 있지. 이 숭고함은 그리스도의 인격에서 나온 것이며 지금껏 이 지상에 나타난 어떤 신성보다 더 신적이네"[103]라고 증언했습니다. 그는 공감과 공공연한 유대감을 담아 이렇게 말했습니다. "인간의 정신은 복음서 속에서 깜빡이고 빛나는 기독교의 숭고함과 **도덕적 문화**에서 벗어나지 못할 것이네."[104] 하지만 괴테의 기독교성은 스피노자와 맺은 경탄스러운 사제 관계에서 명백해집니다. 괴테는 스피노자를 "가장 유신론적theissimus"이라 칭했고 스피노자를 두고 이야기하길, 그와 같이 구세주처럼 신성에 대하여 말한 사람은 아무도 없다고 했습니다. 물론 신과 자연의 이원적 분리가 기독교성의 기본 조건이라면 스피노자는 이교도이며 괴테도 마찬가지입니다. 하지만 스피노자가 그리는 세계는 신과 자연만으로 이루어지지 않으며 인간적인 것, 인간다운 것을 함께 포괄합니다. 스피노자의 인문성 개념은 기독교적입니다. 그 개념이 인간이라는 현상을 인간 속에서 신-자연을 의식하는 것으로, 둔감한 존재와 활동을 깨부수는 것으로, 그러니까 자연으로부터의 분리로, 즉 정신으로 규정하는 한 말이죠. 저 유명한 '분석을 통한 정념의 해소' 역시 무조건 이교적인 것이 아닙니다. 실러에게

---

103. 기존 한국어 번역은 『괴테와의 대화』, 765쪽 참조.
104. 기존 한국어 번역은 같은 책, 766쪽 참조.

자유의 이념이, 바그너에게 구원의 이념이 그렇듯 괴테의 삶과 작품을 아우르는 모티프가 된 스피노자의 '체념 Entsagung' 모티프 역시 마찬가지입니다.

반대로 괴테의 삶에서 신의 아이답고, 이교적이고, 자연 귀족적인 만족에 기독교의 그늘을 드리우는 것, 괴테의 정신적 얼굴에 뚜렷한 고딕적 고통의 표정—— 그의 삶이 귀족적으로 행복했다는 가장 통속적인 미신만이 그것을 못 보고 넘어가죠——을 부여하는 것은 바로 이 체념의 파토스입니다. 겉보기에는 완벽하고 복 받은 이 삶의 말년은 분명 숱한 단념으로 점철되어 있었지요! 괴테의 필생의 작품은 거의 초인적이긴 하나 철저히 미완성 상태로 남아 있었습니다. "모든 꽃피는 꿈이 무르익지는 않았다"[105]라는 말로는 부족할 정도지요. 가령 바그너 혹은 입센의 작품은 비교가 안 될 만큼 더 완벽하고, 더 완성되고, 더 완결되어 있습니다. 우리는 괴테의 정신이 그의 본성보다, 그의 조형력보다, 유기체적으로 그에게 허락된 시간보다 훨씬 더 강력했다고 말할 수 있습니다. 또한 우리는 불멸과

---

105. 괴테의 시 「프로메테우스(Prometheus)」의 한 구절. 전문은 『괴테 시 전집』, 81~84쪽 참조.

재생에 대한 그의 격렬한 **요구**를 이해합니다. 이 요구는 그의 본질을 훌륭하게 마적으로 표현하지요. 괴테는 자기 육체가 자기 정신을 더 이상 감당할 수 없다면 자연이 그에게 새로운 육체를 줄 의무가 있다고 외치는 것입니다.

아니면 괴테의 연애 생활을 한번 보십시오. 사람들은 그의 연애가 마찬가지로 유쾌하고 환희로 가득하다고, 괴테가 사랑에 있어 신같이 행복하고 포기를 모른다고 통속적으로 생각하는 경향이 있지요. 사랑이 넘치고 많은 사랑을 받은 그는 분명 많은 즐거움을 누렸습니다. 괴테는 성애의 영역에서 변덕이 심하고 주기적으로 거칠었습니다. 좀 정원의 신[106] 같았죠. 고대풍으로 스스럼없이 비감상적인 태도로 애인에게 호의를 베풀고 선입견 없이 방종하게 행동했지요. 그가 사회적, 정신적으로 볼 때 신분에 맞지 않는 결혼[107]을 한 것은 이러한 성향에서 비롯된 일이었습니다. 하지만 괴테가

---

106. 그리스 신화에 나오는 번식과 다산의 신 프리아포스를 가리킨다. 거대한 남근을 달고 태어났다.
107. 괴테는 한미한 서민 집안 출신인 크리스티아네 불피우스와 결혼했다.

사랑할 때는 수준 높은 시가 탄생했습니다. 애인의 등에다 손가락으로 6보격 박자를 두드리는 무슨 베네치아 에피그램[108]이 전부가 아니었죠. 그리고 심각한 상황에서는 소설이 자꾸 체념으로 끝을 맺었습니다. 괴테는 로테도, 프리데리케도, 릴리도, 헤르츠리프도, 마리아네도, 마지막으로 울리케도, 그리고 일찍이 슈타인 부인도 소유하지 않았습니다. 그는 결코 불행한 사랑을 하지 않았습니다. 그로테스크한 충격을 주는, 굉장히 곤혹스러운 사례인 어린 레베초[109]의 경우를 제외하면요. 하지만 그는 자신의 자유를 위해 혹은 도덕적 이유에서 이 모든 경우에 사랑을 단념해야 했습니다. 대개는 달아나 버리곤 했죠.

체념은 더 깊이, 더 높이 이릅니다. 괴테가 지닌 절제와 형식, 오늘날 독일 국민의 눈앞에 서 있는 그의 형상, 그의 입상은 체념의 작품입니다. 우리는 지금

---

108. 괴테가 베네치아에 머무르는 중에 쓴 경구 형식의 짧은 시들을 가리킨다. 하지만 여기서 토마스 만이 언급하는 시는 「로마 비가」에 실려 있다. 『괴테 시 전집』, 292쪽 참조.
109. 아내와 사별한 74세 괴테는 19세 소녀 울리케 폰 레베초와 사랑에 빠졌다. 레베초의 어머니에게 딸을 달라는 뜻을 전했지만 결국 결혼은 성사되지 않았다.

일반적인 이야기를 하는 게 아닙니다. 모든 예술의 정신인 희생정신이니, 카오스와의 투쟁이니, 자유의 포기니, **작품의 내적 본질**을 이루는 창조적 만족이니 이런 걸 이야기하는 게 아닙니다. 괴테의 체념의 파토스 —— 혹은, 이건 지속되는 것, 존재를 완전히 장악하는 것이니까 —— 체념의 **에토스**는 보다 개인적인 성격을 띱니다. 그것은 운명입니다. 그가 지닌 특별한 국민적 사명, 본질상 **교화적인 사명**의 본능적 명령입니다. 그럼에도 불구하고 만약 이 운명, 이 사명, 이 구속과 제한과 제약, 이 교육적 체념의 의무가 보기보다 덜 괴테적이고 덜 개인적인 것이라면요? 그것이 운명의 규정이자 —— 여하튼 어느 정도는 늘 교화적 책임으로 성장하도록 결정된 —— 모든 정신적 독일성의 거역할 길 없는 선천적 명령이고 이를 어길 경우 무거운 정신적 형벌을 각오해야 한다면요? 앞서 우리는 괴테가 기독교를 대할 때 순간순간 명백한 유대감을 느꼈다고 이야기했습니다. 이 유대감이란 어떤 것이었으며 무엇과 관련이 있었을까요? 괴테는 기독교의 '도덕적 문화'에, 곧 자신의 인문성, 자신의 교화적이고 반反야만적인 경향에 공경을 표하며 몸을 굽힙니다. 그것은 괴테 자신의 문화였습니다. 그리고 그가 때때로 보이는 경의는 의심할 것 없이 민족적인 게르만 세계에서 기독교의 사명이 자기 자신의 사명과 같은 종류라는 것을 통찰한 데서 비롯됩니다. 여기에, 다시 말해 괴테가 자신의 과제와 자신의 민족적 소명을 본질상 문명적인 것으로 이해했다는 사실에 그의 '체념'이 갖는 가장 심오하고 가장 독일적인 의미가 들어 있습니다. 괴테 안에 어떤 위대함의 가능성, 그러니까 그가 자제하는 본능 덕에 펼칠 수 있었던 위대함보다, 그리고 오늘날 우리 눈앞에 서 있는 고도로 교육적인 괴테 조각상에 깃든 위대함보다 더 거칠고 풍성하고 '자연적'인 위대함의 가능성이 있었다는 점을 의심하는 사람이 누가 있을까요? 괴테의 「이피게니에Iphigenie」에서 인문성 이념은 야만의 대척점으로서 문명의 특징을 획득합니다. 오늘날 사람들이 문명이라는 말을 사용할 때 염두에 두곤 하는 비난 가득하고 이미 정치적인 의미가 아니라 '도덕적 문화'라는 의미에서요. 프랑스인 모리스 바레스[110]는 「이피게니에」를 "문명화의 작품"이라 일컬었으며 이 작품이

---

110. 모리스 바레스(Maurice Barrès, 1862~1923). 프랑스의 작가. 민족주의, 애국주의 정치가로 이름이 높았다.

"정신의 오만에 맞서 사회의 권리를 변호"한다고 했습니다. 이 표현은 극기와 자기 교정, 그렇습니다, 고행을 보여 주는 다른 작품, 즉 교양과 궁정의 분위기, 점잔 빼는 분위기 때문에 흔히 천대받는 「타소Tasso」에 얼추 더 잘 들어맞습니다. 두 작품은 체념의 작품입니다. 독일적 교육 이념에 따라 야만성의 이점을 포기하는 작품입니다. 반면 철저히 관능적인 리하르트 바그너는 어마어마한 효과와 더불어 그 이점을 받아들였고 이에 따른 적법한 형벌로서 그의 종족적이고 탐닉적인 작품은 나날이 점점 더 상스러운 통속성에 빠져들고 있습니다.

우리가 계속해서 논의하고 있는 문제는 정신을 향한 자연의 아이들의 노력입니다. 이 노력은 거꾸로 자연을 향한 정신의 아들들의 노력과 마찬가지로 '감상적'인 성격을 띠며 거기에는 다소간의 행운과 자질, 다소간의 '소박함' 혹은 우아함이 동반합니다. 이미 말한 것처럼 톨스토이의 고생스러운 탈자연화 과정은 괴테의 장엄한 정신화 작업과 견줄 때 실로 축복받지 못한 듯 보입니다. 그런데 여기에서 일종의 유머 감각이 발동하는군요. 그래서 저는 한 사람의 기독교, 다른 사람의 인문성이 감싸고 있던 종족적 민족성의 강력한 핵심을 밝히고 싶습니다. 그 핵심은 다른 말로 하면 귀족적 순수성입니다. 왜냐하면 민족적으로 순수한 것은 자연-귀족적이니까요. 이때 기독교, 인문성, 문명은 하나의 정신-민주주의적 대항 원칙을 이룹니다. 그리고 정신화 과정은 동시에 민주주의화 과정이기도 합니다. 톨스토이가 적확하게도 자신의 "민주주의적 경향"이라 부르는 것 —— 경향이란 말은 어떤 방향, 어딘가를 향한 의지, 상태가 아닌 노력을 일컫기에 적확합니다 —— 이것은 괴테에게서도 때때로 강하게 암시되어 나타납니다. 괴테는 이야기합니다. "사람들의 생활에 함께하려면 똑같이 **가톨릭**이 되어야 할 것이다!" 동등한 위치에서 사람들과 섞이는 것, 광장의 삶, 민중 속의 삶은 그러한 순간 그에게 행복으로 보입니다. 괴테는 이렇게 외칩니다. "이 조그만 주권 국가들에서 우리는 얼마나 비참하고 **고독한** 사람들인가!"[111] 그리고 그는 권력자의 기념물이 아닌 **민중**의 기념물로서 베네치아를 찬양합니다. 하지만 이러한 표현들은 근원적이라기보다는

---

111. 괴테가 이탈리아 여행에서 쓴 일기 중.

교정적인 성격을 띱니다. 그것은 그의 게르만적이고 프로테스탄트적인 귀족주의에 대한 자기 비판적 교정입니다. 그러니까 '경향'이자 단순한 감상적 소망에 지나지 않습니다. 저 러시아 거인의 급진주의적이고 평화주의적인 기독교처럼요. 예리한 눈을 가진 사람이라면 누구나 그 '신성함'에서 아주 많은 자기기만과 순진함과 가장假裝을 발견하지요.

고리키 같은 직접적인 관찰자와 메레시콥스키 같은 탁월한 지성을 갖춘 비평가는 그 신성함의 감각적이고 가부장적인 면, 삶과 밀접히 연결된 동물성을 매우 강렬하게 느꼈습니다. 톨스토이는 서른네 살 나이에 열여덟 살 소피야 안드레예브나 베르스와 결혼했습니다. 그녀는 그 후로 거의 항상 임신 상태였으며 열세 번 해산을 했습니다. 그의 결혼 생활은 긴 창조적 세월 내내 가부장적이고 목가적이었으며 가정의 행복에서 우러나는 건강하고 경건하며 동물적인 충만함을 보여줍니다. 풍요로운 농업과 가축 사육이 경제적 토대가 되고 기독교적이라기보다는 유대적이고 구약적인 정신이 밑바탕을 이루죠. 그는 현존에 대한 크고 단순한 사랑, 영원히 아이처럼 삶에서 느끼는 기쁨이 뭔지 압니다. 그러한 감정은 괴테에게서도 넘쳐흘렀었죠. 톨스토이가 "하루하루의 아름다움을 찬양"할 때, "신에게서는 하루하루가 무언가에 의해 다른 하루와 구별된다"는 점에서 드러나는 "신의 풍요로움에 경탄"할 때면 괴테의 '즐거움Behagen' 개념의 바탕을 이룰 법한 어떤 것이 떠오르는 느낌입니다. 깊은 내면에서 우러나오는 감각적이기 그지없는 자연 향유는 톨스토이가 자살을 생각하고 '고해'를 계획하던, 요약하자면 그릇된 생각을 소환하던 음울한 시기로도 파고듭니다. 그의 '신성함'을 구속하는 이 그릇된 생각은 족장의 장엄함을 박탈하고, 희석시키고, 기독교화하고, 영국적-인도적인 것으로 양식화하지요.

메레시콥스키는 영혼의 환시자인 도스토옙스키와 구분하여 톨스토이를 육체의 위대한 관찰자라 일컬었습니다. 그리고 실제로 톨스토이가 사랑하고 몹시 깊은 관심을 두었으며 그의 앎과 관련되고 그의 천재성을 규정하는 출발점이 되는 것은 바로 육체입니다. 이 점은 그가 노화에 대해 느끼는 감정에서 제대로 드러납니다. 1894년에 톨스토이는 이렇게 씁니다. "노년이 다가온다, 이 말은 머리카락이 빠지고 이가 상하고 주름이 생기고 입에서 냄새가 난다는 뜻이다. 심지어 모든 게 끝나기도 전에 전부 끔찍해지고 불쾌해진다. 처바른 화장품, 분, 땀, 추함이 드러난다. 내가 섬기던 것은 대체 어디에 남아 있는가? 아름다움은 대체 어디에 남아 있는가? 아름다움은 모든 것의 정수이다. 그것 없이는 아무것도 없다. 삶도 없다." 살아 있는 육체에서 나타나는 죽음을 그린 이 묘사는 기독교적으로 여겨질지도 모릅니다. '육신'이 비참하다는, 정신적 의미에서 혐오스러우며 치욕스럽다는 주장을 고수하니까요. 그러나 노년과 죽음을 육체적으로 파악하는 감각성 때문에 이 묘사는 이교적입니다.

톨스토이에 대한 악사코프[112]의 판정은 이렇습니다. "그의 재능에는 곰 같은 기질과 힘이 있다." 그리고 톨스토이를 '러시아의 대문호'로, **로마**에 대항한, 카이사르-나폴레옹에 대항한 민족적 투쟁의 서사시인으로, 『전쟁과 평화』의 작가로 만든 것은 그의 천재성이 지닌 바로 이 곰 같은 기질이 아닌가요? 공언하건대 우리의 의도는 이 "인도주의적인 예언자"가 교훈적으

---

112. 세르게이 악사코프(Sergey Timofeyevich Aksakov, 1791~1859). 러시아의 소설가.

로 드러내 보이는 평화주의의 진정성에 의혹을 제기하
는 것입니다. 결코 우리가 평화를 사랑하지 않아서가
아니라 단지 유머 감각이 발동하기 때문이라는 점을
덧붙여 두겠습니다. 톨스토이가 젊은 시절에 군인이고
장교였다는 걸 우리는 압니다. 게다가 전기에 따르면
그는 장교로서 혼신을 다했습니다. 세바스토폴 시절
그의 호전적이고 영웅적인 열정에 대해서는 증언이
여럿 있습니다. 그 "화려한 시절", 그 "영광스러운 시
절", 러시아 군대에 대한 감동적인 자부심으로 가득한
그 시절, 스스로 시인한 바처럼 애국심이 그를 완전히
사로잡았고 위급 상황이 불러오는 동지애의 체험이
그를 황홀케 했던 그 시절. 또 세르비아-터키 전쟁
(1877년)[113]에 대한 톨스토이의 태도도 완전히 긍정적
입니다. 그는 이게 **진짜** 전쟁이라고 말했고 이 전쟁이
자신을 감동시킨다고 했습니다. '진짜' 전쟁과 '가짜'
전쟁을 구분하는 것은 의심할 여지가 없이 평화주의에
서 진보를 뜻한다면서요. 하지만 조건부이고 진보가

---

113. 세르비아와 오스만 제국 사이에 벌어진 전쟁. 러시아에서도 슬라브
　　주의의 물결이 일어나 의용군이 참전했다. 이와 관련된 에피소드들
　　이 『안나 카레니나』 8부에 나온다.

필요한 평화주의가 과연 '진짜'일까요?

여하튼 1812년에 '진짜' 전쟁이 있었고 톨스토이는 그 역사에 천착했으며 그럼으로써 오랜 세월 후 러시아의 대문호가 되었습니다. 야스나야 폴랴나의 국민학교 수업에서 그는 그 전쟁을 다루었습니다. 철저히 애국적으로요. 들려오는 모든 증언에 따르면 그 수업에서는 역사를 다룬다기보다는 신화를 다루었다지요. 그리고 이 전승된 전쟁 신화에는 애국심을 고취하려는 목적이 명시적으로 부여됩니다. 이후 이 교육자의 근본적이고 철두철미한 러시아성, 귀족적이며 농민적인 민족성은 라틴 문명의 침입에 맞선 방어전을 다룬 서사시[114]에서 입증되었지요! 이 작품은 엄청난 대중적 성공을 거두었습니다. 비록 문학계 인사들과 군사 전문가들은 비난거리를 찾아냈지만요. 이 작품에서는 이성적 요소가 약하며, 역사철학은 편협하고 피상적이며, 개인이 사건에 미치는 영향을 부정한 것은 신비주의적 억지 궤변이라는 말이었죠. 하지만 예술적 힘, 예의 '곰 같은 힘'에 대해서는 논쟁의 여지가 없다며 한목소리로 선언했습

114. 나폴레옹 전쟁을 배경으로 한 『전쟁과 평화』를 가리킨다.

니다. 이 작품의 엄청난 민족적 순수성에 대해서도 그렇고요. 러시아의 자유주의적 비평가들은 『전쟁과 평화』가 "철두철미하게 러시아 작품"이며 톨스토이 말고는 "누구도 그런 예술적 분석과 종합의 힘으로, 즉 그런 창조력으로 러시아 민족 영혼의 전형을 완전한 다양성과 숭고한 통일성 속에서 모사한 적이 없다"고 인정할 수밖에 없었습니다. 이들이 톨스토이에 대해 나쁘게 생각한 것은 "그가 동시대의 모든 **진보적 흐름으**로부터 둔 의도적인 거리"였습니다. 『안나 카레니나』를 두고도 이런 현상과 이런 비난이 반복되지요. 투르게네프는 썼습니다. "『안나 카레니나』는 비록 훌륭한 부분도 여러 군데 있긴 하나(경주, 풀베기, 사냥) 내 마음에 들지 않는다. 그리고 모든 게 시큼하고 **모스크바 냄새**, 향냄새, 노처녀 냄새, 친슬라브 냄새, 귀족 냄새 등이 난다." 한마디로 서유럽주의자Sapadnik인 투르게네프는 이 소설에 있는 동방적 요소를 꺼렸습니다. 『안나 카레니나』에 대해 침묵하거나 이 작품을 비꼬거나 욕한 모든 자유주의적이고 급진적인 당파 역시 투르게네프와 마찬가지였습니다. 반면 친슬라브주의자들과 궁정 귀족 당파는 만족스레 손을 비볐지요.

사실 톨스토이는 정신적, 정치적으로 보았을 때 이 '동굴에 사는 사람들'과 한편이었습니다. 물론 그들은 톨스토이의 작품이 지닌 예술적 특성을 잘 몰랐을 테지만요. 자유주의자들은 그 예술적 특징의 진가를 인정할 만큼 충분히 자유주의적이었습니다. 반동적인 천재가 언제나 인류를 몰아넣곤 하는 혼란 상태에서, 가령 비스마르크의 출현으로 유럽이 빠졌던 혼란 상태에서 말입니다.

여기에서 고찰해 볼 만한 역설이 하나 있습니다. 우리는 이상주의적 본능에 따라 재능과 창조적 힘이 생명력으로서 진보적 삶의 이념과 태도, 인도주의적인 의지에 속할 수밖에 없다고 여기고 싶어 합니다. 반면 삶에 대한 배척, 죽음에 대한 공감, 자유와 진보에 맞서는 태도, 즉 인도주의적 의미에서 나쁜 태도에는 법칙에 따라 그런 재능과 힘이 허락되지 않는다고 생각하고 싶어 합니다. 어떤 사물의 이름에 훌륭하다는 표현을 써 놓으면 그 사물이 좋다는 게 형이상학적으로 입증이라도 되는 양 말이죠. 인간의 반동성은 일반적으로 재능과 함께 가지 않는다, 이것은 정말 법칙과도 같습니다. 다만 이 규칙은 깨질 수 있습니다. 반동적인 천재, 휘황찬란한 무적의 재능이 '동굴'의 대변자로서 나타납니다. 그리고 이 역설적 현상이 인간 세상에 불러오는 혼란보다 더 심한 혼란은 없습니다. 생트뵈브[115]는 조제프 드 메스트르[116]에 대해 말하길, 그는 "작가로서 재능 외에 다른 것은" 가지지 않았다고 했습니다. 예의 혼란을 완벽히 표현하고 우리가 논하는 사례를 정확히 특징짓는 말이 아닐 수 없습니다.

자유주의적이고 진보적인 러시아는 톨스토이의 출현을 그러한 사례로 느꼈음이 분명합니다. 반동적 성격을 띤, 곰 같은 힘의 사례로요. 하지만 이 곰 같은 힘이 그의 철두철미한 러시아성, 엄청난 민족적 순수성, 이교적 자연-귀족주의 —— 민주주의적 정신화를 향한 '경향'은 감상적 경향일 뿐이었으며 눈에 띄게 초라한 성공을 거뒀죠 —— 이것들과 본질상 하나라는 점은 아주 명확한 사실입니다. 톨스토이의 강한 **동방성**東方性은 지성적인 면에서 유럽의 진보 이념을 조롱하고

---

115. 샤를 생트뵈브(Charles-Augustin Sainte-Beuve, 1804~1869). 프랑스의 문학 비평가이자 작가.
116. 조제프 드 메스트르(Joseph de Maistre, 1753~1821). 프랑스의 작가, 철학자, 정치가. 프랑스 혁명에 반대하고 구체제를 옹호했다.

부정했습니다. 그의 방식은 모든 서유럽주의, 모든 자유주의, **표트르적**[117] 생각을 가진 러시아 전체에 굉장히 거슬릴 수밖에 없었지요. 실제로 톨스토이는 표트르 대제의 러시아가 받아들인, 진보에 대한 서방의 믿음을 대놓고 비웃었습니다. 그는 우리가 호엔촐레른-지크마링엔 공국에서, 그 3,000명 주민에게서 진보의 법칙을 관찰했다고 합니다.[118] 하지만 다른 한편으로 2억 인구를 가진 중국의 사례는 우리의 진보 이론 전체를 물거품으로 만든다고 하죠. 그럼에도 불구하고 사람들은 진보가 인류의 보편적 법칙이라는 것을 한순간도 의심하지 않으며, 따라서 중국인들에게 진보 이념을 가르치기 위해 총포를 가지고 나선다고요. 하지만 인간의 일반적 이성은 우리에게 이렇게 말해 줄 거라고요. 인류의 큰 부분, 소위 **동방** 전체의 역사가 진보의 법칙을 입증해 주지 않는다면 이 법칙은 전체 인류를 위해 존재하는 것이 아니라 기껏해야 인류의 특정 부분을

---

117. 서유럽을 모델로 삼아 러시아의 근대화를 추진한 표트르 대제를 가리킨다.
118. 1848년 혁명 때 지크마링엔에서 개혁을 요구하며 모인 시민들을 가리키는 것으로 보인다.

위한 신조일 따름이라고요. 톨스토이는 자신이 인류의 삶에서 어떤 공통의 법칙도 발견할 수 없으며 우리가 역사를 진보 이념뿐 아니라 어떤 임의의 다른 이념 또는 "역사적 환상"에도 똑같이 종속시킬 수 있다고 고백합니다. 더 나아가 그는 우리가 역사의 법칙을 발견해야 할 눈곱만큼의 필요성도 없다고 합니다. 그것이 불가능하다는 점은 완전히 차치하고서요. 톨스토이는 말합니다. 보편적이고 영원한 완성의 법칙이 모든 인간의 영혼 속에 쓰여 있으며 그것은 오로지 착오에 의해 역사로 옮겨진다고요. 개인적 차원에 머무르는 한 이 법칙은 생산적이며 모두에게 열려 있지만, 역사로 옮겨 가면 허튼소리가 된다고요. 인류의 보편적 진보란 입증되지 않았으며 **동방**의 모든 국민을 위해 존재하는 게 아니라고요. 따라서 진보가 인류의 근본 법칙이라 주장하는 것은 어두운색 머리카락을 가진 사람을 제외한 모든 사람이 금발이라는 주장만큼이나 비이성적이고 근거 없는 소리라고요.

여기에서 인간의 완성을 개인의 내면으로 옮겨놓는 이상주의적이고 독일적인 개인주의의 영역에서 비롯한 이념들이, 세계의 정신적 입법자인 유럽의 교만함에 가장 단호하게 도전하는 다른 이념들과 섞이는 모습은 특기할 만합니다. 톨스토이는 유럽, 즉 서유럽의 인간성을 그가 보기에 순진하게도 전체 인류와 혼동하는 처사에 **항의합니다.** 그리고 이 항의에는 동방을 향한 그의 시선이 드러납니다. 그것은 한 마디로 아시아적 특성, 그러니까 반反표트르적이고 원시 러시아적이며 문명에 적대적인 특성, 요약하자면 곰 같은 특성입니다. 우리가 들은 것은 황금빛 보리수 아래 단풍나무 옥좌에 앉아 있는 러시아 신의 목소리였던 겁니다.

인문주의 신의 목소리는 다릅니다. 괴테는 아시아적 특성을 증오하고 경멸했습니다. 이 점에는 의심의 여지가 없습니다. 톨스토이에게 늘 고향처럼 남아 있던, 그리고 늙은 톨스토이의 예언에서 꼭 합리화되어 나타나는 사르마티아적 야성의 요소는 철저히 문화에 관심을 둔 이 위대한 독일인의 정신에는 항상 멀고 낯설 수밖에 없었습니다. 괴테는 오버슐레지엔–폴란드 지방을 여행할 때 슬라브 사람들을 접합니다. 그가 받은 인상은 "대개 부정적으로 이상한" 것이었습니다. 괴테는 문화의 결핍, 무지, 둔감함, 낮은 생활수준을 목도합니다. 자신이 "교양 있는 사람들로부터 멀리" 떨어졌다

는 느낌을 받지요. 해방전쟁[119] 시기에 그가 취한 애국
적으로 불쾌한 태도, 나폴레옹이라는 고전적 현상에
그가 표한, 경탄 가득하고 내심 우호적인 경의("그
남자는 당신에게 너무나도 큰 존재입니다.")는 이러한
맥락에 속합니다. 1813년에 괴테는 말했습니다. "정말
그렇다. 프랑스인은 더 이상 보이지 않는다. 이탈리아
인도 보이지 않는다. 그 대신 보이는 것은 코사크인,
바슈키르인, 크로아티아인, 마자르인, 카슈브인, 삼비
아 반도 사람, 갈색과 그 외 경기병 부대들이다." 동방
종족을 열거한 이 문장은 굉장히 경멸적인 어조입니다.
코사크인과 카슈브인이 동맹군으로서 와 있고 프랑스
인은 적군으로서 저편에 있다는 사실이 그에게는 아무
런 상관이 없어 보입니다. 괴테는 난폭한 갈리아 군대로
부터 해방되어 자기 역시 기쁘다고 고백하긴 합니다.
하지만 그가 러시아와의 동맹, 동방에 의한 독일의
종속을 서방의 지배를 받는 것보다 모욕적으로 느낀다
고 해도 분명 과언이 아닙니다. 또한 「이피게니에」를
쓴 작가의 인문성이 반半아시아의 두루뭉술하고 거친

---

119. 독일 지방에서 나폴레옹 전쟁을 가리키던 표현.

인간성보다는 문명이라는 형태를 갖춘 서유럽의 인문
성에 동감한다는 것은 분명한 사실입니다.

괴테는 자기는 프랑스인을 증오할 수 없다며 비애국
적인 발언을 했습니다. 자신은 교양 면에서 프랑스인들
로부터 너무 많은 덕을 입었다고요. 아주 지당한 소리입
니다. 하지만 괴테의 본성, 앞서 언급한 정신 이전의
'근본 태도'를 놓고 보면 톨스토이의 경우처럼 곧 재미
있는 현상을 발견할 수 있습니다. 똑같이 겉으로 드러나
는 이 근본 태도는 굉장히 비프랑스적인지라 아마 뚜렷
이 독일적이라 할 수 있을 겁니다. 여기에서 '자유'에
대한 괴테의 냉랭한 태도를 증거로 끌어오려 한다면
잘못일 것입니다. 왜냐하면 첫째로 질서ordre의 원칙은
그 대척점에 선 자유의 원칙과 매한가지로 프랑스적이
고 고전적이며 합리적인 것이기 때문입니다. 그리고
둘째로 자유는 비게르만적인 것이 아니기 때문입니다.
게르만인들이 개인적 자유라는 사상을 세상에 가져왔
다는 기조[120]의 발언을 괴테가 얼마나 찬동하며 인용했
는지 생각해 보십시오. 그러나 괴테에게는 무언가 비이

---

120. 프랑수아 기조(François Guizot, 1787~1874). 프랑스의 정치가
　　이자 역사가.

념적이고 반교의적이고 반구성적인 면이 있습니다. 개별적인 것을 추상화함으로써 특정 조건에서 언젠가 현실이 개선될 수 있다는 데 대한 불신이 있습니다. 즉 그에게는 현실주의이자 정치적 회의주의가 있었으며 우리는 아마도 이를 대단히 독일적이면서 마찬가지로 비프랑스적이라고도 할 수 있을 겁니다. 만약 프랑스를 혁명의 나라로, 그리고 독일을 생동하는 것, 역사적으로 조건 지워진 것, '유기체적인 것'에 대해 어떤 국민적 약점을 가진 나라로 본다면요. 우리는 괴테가 정치 실무자였다는 점을 감안해야 합니다. 작센-바이마르를 다스린 사람이니까요. 하지만 실제 경험은 정신에게 그다지 호의적이지 않습니다. 현실은 사람을 냉소주의로 이끕니다. 심지어 프랑스에서도 많은 정치가가 겪은 일이지요. 그곳에서는 복수의 급진주의자가 권력을 손에 쥔 뒤 금세 보수주의자가 되어 민중에게 발포를 지시했지요. 만약 괴테가 실제 경험을 통해 이상주의에서 벗어나지 않았더라면 어쩌면 그는 정치적으로 보다 관대하게 사고하고 느낄 수 있었을지도요. 하지만 이 또한 개연성이 낮은 일입니다. 왜냐하면 그는 역사적 민주주의, 다시 말해 대중 속에서의 이념의 발전이라는 역사 규정에 본디 그다지 열려 있지 않았고, 정치적 이념에 대한 열광이 무엇인지 애초에 몰랐으며, 역사를 철저히 영웅들의 전기로 이해했으니까요. 이러한 귀족주의는 실러의 열렬한 민주주의적 제스처와도, 영웅에 대한 톨스토이의 기독교적이고 무지크적인 평가 절하와도 똑같이 대립합니다.

카를스바트에서 베토벤과 산책하던 중 황후 일행과 있었던 일화[121]에도 불구하고 괴테를 비굴한 사람이라 생각한다면 어리석은 일일 겁니다. 그가 군주들에게 보인 굴종은 단순한 개인적 우정이 개입되지 않는 한 순수하게 세련된 행위였습니다. 가게른 남작[122]은 1794년에 독일 지식인, 특히 괴테를 향하여 펜을 들고서 "좋은" 일, 다시 말해 보수적인 일에 봉사하라고, 기실 독일의 새로운 군주 동맹에 봉사하라고, 그리고 분명

---

121. 괴테는 1812년 요양차 테플리츠에 머물렀고 이곳에서 베토벤과 만난 적이 있다. 당대 작가로서 베토벤과 교류한 베티나 폰 아르님이 전하는 바에 따르면(사실 여부는 알 수 없다), 이 둘은 함께 산책을 하던 중 황후 일행과 마주쳤다. 자유주의 성향의 베토벤은 법석을 떨지 않고 무리 사이를 유유히 지나갔지만 괴테는 옆으로 비켜나 모자를 벗어 들고 예를 표했다고 한다.

122. 한스 폰 가게른(Hans Christoph Ernst von Gagern, 1766~1852). 당대 정치가.

무정부 상태에서 나라를 구하라고 촉구하는 뜻을 공포했습니다. 이때 괴테는 자신을 향한 신뢰에 정중하게 사의를 표한 뒤 특유의 방식으로 답하길, 자기는 공동의 활동을 위해 군주들과 작가들을 하나로 모으는 일이 불가능하다고 여긴다고 했습니다. 그럼에도 불구하고 그가 프랑스 혁명에 대하여 철저히 부정적인 자세를 취했다는 데에는 두말할 나위가 없습니다.

정신의 관점에서 보면 인간에 대한 괴테의 태도는 냉소적이었습니다. 다시 말해 극단적인 불신으로 가득했습니다. 하지만 이것은 정신의 시각일 뿐입니다. 그렇다고 괴테가 인간을 사랑하지 않은 것은 아니니까요. 우리는 그가 사람의 얼굴을 보는 것만으로도 침울함을 치유할 수 있었다고 고백한 것을 압니다. 괴테가 믿지 않은 것은 헌법의 조항과 화합의 축제였습니다. 헤겔의 다음과 같은 말이 실지로 감격의 표현이었는지 조롱이었는지는 결코 한 점 의혹 없이 밝힐 수 없을 것입니다. "태양이 하늘에 있고 혹성이 그 둘레를 돌게된 이래, 인간이 머리, 즉 사상으로 서고 사상에 따라서 현실을 구축하는 일은 없었다."[123] 어쨌든 괴테에게 반감을 일으킨 것은 그 점이었습니다. 괴테는 시민의 행복을 위한 수단과 방법을 선택하는 과정에서 전 인류에게 하나의 의미만을 강요하려 드는 것이 완전히 자연에 반한다고 평가했습니다. 첫째로, 우리는 이와 같은 평가가 해방전쟁에 대해 그가 보인 무관심의 무게 전부를 상쇄한다는 점을 덧붙여 말할 수 있습니다. 왜냐하면 이 발언은 철저히 국민적, 개인주의적, 귀족적이기 때문입니다. 그리고 이러한 발언을 한 사람이 나폴레옹에게서 바로 그 민주주의적 '강요'의 기수를 보지 못한 것은 오직 이 황제의 위대함에 대한 또다시 귀족적인 경탄 때문이었습니다. 둘째로, 그러나 인정해야 할 점은 괴테에게 자연의 대변자를 자처할 권리가 있었다는 것입니다. 다시 한 번 인용입니다.

한때 루터주의가 그러했듯 프랑스 정신이 이 혼란한 나날에
평온한 교양을 밀어내고 있다. [124]

---

123. 고트프리트 빌헬름 프리드리히 헤겔, 권기철 옮김, 『역사철학강의』, 동서문화사, 2008, 426쪽 참조.
124. 기존 한국어 번역은 『괴테 시 전집』, 376쪽 참조.

프랑스 정신과 루터주의의 결합, 이 얼마나 개성이 넘치고 국민적 편견이 없는 결합입니까! 이러한 "방해", 이러한 "혼돈"이 라인강 이편에서 오든 저편에서 오든 괴테에게는 매한가지입니다. 어찌되었건 그것은 그의 적이며, 자연과 문화의 적이며, 그의 인간성 이념이 근거하는 "평온한 교양"의 적입니다. 이 2행시^{Distichon}는 —— 그 밖의 모든 "저항의 쾌감"에도 불구하고 —— 괴테가 16세기에 어떤 식의 태도를 취했을지 명확하고 분명하게 보여 줍니다. 자연과 문화를 결합하는 고상한 개념인 '교양'의 이름으로 그는 로마에 찬성하고 종교개혁에 반대했을 것입니다. 아니면 에라스뮈스[125]처럼 모호하고 불확실한 자세를 취했을 것입니다. 루터는 에라스뮈스를 두고 그에게는 평온이 십자가보다 더 소중하다고 말했지요. '십자가', 그것은 몇 세기 후에는 혁명이었습니다. 혁명은 정신이었습니다. 그리고 괴테에게는 "평온한" 교양이 더 소중했습니다.

---

125. 에라스뮈스(Desiderius Erasmus Roterodamus, 1466(?)~1536), 네덜란드의 인문학자. 『우신예찬(*Moriae Encomium*)』으로 가톨릭교회를 비판했다. 하지만 급진적인 루터파와 보수적인 기성 교회 사이에서 온건한 입장을 취했다.

이때 에라스뮈스와 괴테의 모습은 상류 시민의 정적주의靜寂主義, 인문주의적 평화 애호라는 측면에서 한순간 겹칩니다. 하지만 이러한 동일성에는 이론의 여지가 많습니다. 두 사람은 그릇이 너무나도 다르지요. 그런데 그릇은 성격과 본성까지도 강력히 규정합니다. 톨스토이의 민족성은 그저 그의 곰 같은 위대성의 표현이자 부속물이 아닌가요? 두 가지 성질은 동일한 것이 아닌가요? 그리고 괴테의 위대성은 그의 인문주의적 세계주의 속에 든 강력한 종족적 핵심을 선험적으로 추론케 하지 않나요? 에라스뮈스는 세련된 사람이었고 민족적이지 않았습니다. 오히려 루터가 그러했죠. 그리고 위대한 독일성의 화신으로서 괴테는 그릇과 본성상 실로 저 인문주의자보다 루터와 가깝습니다. 또 그러한 특성 면에서 비스마르크와도 가깝습니다. 특히 외국에서 인기 있는 안티테제가 인정하려는 것보다 훨씬 더요.

위험한 소리이긴 하나 —— 왜냐하면 동굴에 사는 민족주의 곰들의 입맛에 너무 딱 맞는 소리일까 염려가 될 수밖에 없으니까요 —— 때때로 우리는 괴테의 인문주의가 참되고 정당한지를 두고 이단적인 생각에 빠질 수밖에 없습니다. 괴테는 톨스토이처럼 신과 같은 남자였습니다. 하지만 이 신성이 지닌 고대적이고 인문주의적인 성격, 유피테르적인 성격은 어쩌면 그의 본성을 좀 더 깊게 양식화한 게 아니었을까요? 그리고 황금빛 보리수 아래 있는 러시아 신 톨스토이처럼 괴테 역시 종족의 신이자 저 게르만적이며 귀족적인 이교성의 분출이 아니었을까요? 우리가 느끼기에 루터와 비스마르크도 그 아들들입니다. 그리고 이 이교성은 지난 전쟁[126]의 이데올로기 속에서 양편에서 일정한 역할을 했지요.

어떤 문학적이고 인도적인 급진주의의 영역에서, 비스마르크에 반대하는 것과 매한가지로 괴테에 반대하여 공공연한 적의를 활발하게 표출하는 행위, 현재 진행되고 있듯이 괴테의 국민적 폐위를 요구하는 행위에는 정당성과 선의가 없을 수가 없습니다. 스피노자의 제자인 괴테는 자연의 최종 원인과 최종 목적을 의인적인 허구로 이해했습니다. 그럼으로써 인간 중심적 인문성, 즉 모든 것을 목적론에 따라 자기와 연관시키며 예술을 인간에게 유용한 것에 봉사하는 시녀로 보는

---

126. 1차 세계대전을 가리킨다.

해방적 인간성 개념에서 벗어났습니다. 괴테에게서 예술과 자연의 종합은 인도주의적이지 않습니다. 그의 현실주의, 앞서 언급한 이념적 열정의 결핍, 본성적 감각성 —— 그는 농가가 불에 타고 약탈당하는 일을 현실로, 관심을 가질 일로 느끼면서도 "조국의 몰락"이란 말을 공허한 소리라 여기죠 —— 역시 마찬가지입니다. 솔직하게 그리고 유머러스하게 말씀드리건대 이 모든 것은 항상 잔인성으로부터 단 세 발짝 떨어져 있습니다.

괴테에게는 힘에 대한 감각, "한 사람이 다른 사람에게 우위를 증명할 때까지" 벌어지는 투쟁에 대한 감각이 있습니다. 정신의 평화주의가 절대 반길 수 없는 것이지요. "모든 사람과 잘 지내는 것은 그를 슬프게 하"지요. 그에게는 "분노가 필요"합니다. 자, 이것은 루터적이고 게다가 비스마르크적이지만, 기독교적인 평화 애호는 아닙니다. 우리는 괴테의 투쟁욕, "개입하고 징벌하려는" 욕구, 언제든 권력을 행사하여 반대 의견을 찍소리 못 하게 만들고 "그런 자들을 사회에서 제거"하려는 태세를 잘 보여 주는 많은 증거를 제시할 수 있고 그러한 증거는 이미 많이 제시되었지요. 하지만 제가 정말로 좋아하는 이야기는, 그냥 재미있어서긴 하지만, 코체부[127]와 실러 기념제에 관한 일화입니다. 코체부는 오로지 괴테를 화나게 하고 실러와 괴테를 싸우게 하려는 목적으로 이 행사를 추진했습니다. 비열한 사람 같으니! 코체부는 자신의 계획이 늙은 괴테를 화나게 한다는 것을 압니다. 그리고 또 한 가지, 괴테가 공적인 권력 수단으로 행사를 막을 수 있다는 것도 알지요. 그러니까 코체부는 괴테가 실제로 행사를 막아 전제주의적 시기심을 만방에 드러낼지, 아니면 그 점이 두려워 주머니 속에서 주먹을 불끈 쥔 채 분노를 감내할지 그를 기로에 세웁니다. 근엄한 소박성에 따라 괴테는 권력을 사용하는 쪽을 택합니다. 그는 행사를 금지합니다. 비스마르크 역시 그랬을 겁니다!

폭력과 감상성이란 표현은 이 거인족의 정신 속에 있는 어떤 상보적인 공통 요소를 자연주의적으로 격하하는 거친 말입니다. 우리는 이 두 표현을 유머러스하게 사용합니다. 왜냐하면 우리는 두 사람이 보여 주는 어마어마한 충성과 귀족적 예속의 밑바닥에서 은밀한

---

127. 아우구스트 폰 코체부(August von Kotzebue, 1761~1819). 독일 극작가.

아이러니 —— 철저히 객관적이고 철저히 무의식적인 아이러니 —— 를 아무래도 그냥 보고 넘길 수 없을 테니까요. 그들은 '주인을 섬기는 충성스러운 독일의 종복'이자, 아아, '평복을 입은 발렌슈타인'[128]이자 전제적인 문화 통수권자였습니다. 두 사람은 게르만의 종자從者였습니다. 그것은 참으로 위선이 아니라 지고의 거인 감성이었습니다. 유사한 성격과 상황은 때때로 우리를 혼란에 빠뜨립니다. 카를 아우구스트, 그리고 비스마르크가 '섬긴' 단순한 노인[129]은 하나의 상징으로 합쳐집니다. 1825년에 작센-바이마르 대공은 통치 50주년 기념식을 거행했습니다. 괴테가 바이마르에 온 지 오십 년째 되는 때이기도 했지요. 이날 괴테는 자신을 "주인의 가장 행복한 종복"이라 일컫습니다. 그는 새벽 6시에 공원의 뢰미셰스 하우스에 첫 번째 하객으로 당도합니다. 괴테는 진정으로 큰 감동을 느꼈습니다. "마지막 숨이 다할 때까지 함께!" 우리는 늙은

---

128. 알브레히트 발렌슈타인(Albrecht Wallenstein, 1583~1634). 보헤미아 출신의 독일 장군. 30년 전쟁 때 황제군을 이끌고 신교파와 싸워 큰 전공을 세웠으나 이후 황제의 의심을 사고 암살당했다. 실러는 동명의 희곡에서 이 인물을 다루었다.

129. 독일 황제 빌헬름 1세를 가리킨다.

빌헬름이 층계참까지 가서 비스마르크를 맞이하고 두 사람이 똑같이 포옹하는 모습을 봅니다. 다른 한편으로 우리는 로데리히 폰 포사[130]의 볼에 순간적으로 붉은 기운이 떠오르는 것을 봅니다. 그가 등을 돌리고 말합니다. "저는 군주의 하인이 될 줄을 모릅니다!"[131]

이미 시인했듯 우리에게는 그릇의 문제를 순수성의 문제로 만드는 경향이 있습니다. 가장 위대한 독일 시인은 장차 가장 독일적인 시인도 될 것이다. 저는 이것이 인과적 연관 관계보다 더욱 긴밀하고 더욱 필연적인 성격을 띠는 연관 관계라 말하고 싶습니다. 이것은 실로 미래를 정확히 표현하지요. 또한 의심의 여지가 없는 권위를 가진 쪽, 즉 아버지 얀[132]이 입증해 주는 사실이기도 합니다. 1810년에 얀은 자발적으로 괴테를 가장 독일적인 시인이라 칭했습니다. 톨스토이가 슬라브인의 동포애를 대할 때처럼 괴테가 독일인의 동포애에 대해 언제나 거부하는 태도를 취했음에도 아랑곳없

---

130. 실러의 희곡 「돈 카를로스(Don Carlos)」에 나오는 인물.
131. 「돈 카를로스」 3막 10장 중. 프리드리히 폰 실러, 안인희 옮김, 『돈 카를로스』, 문학동네, 2014, 191쪽.
132. 프리드리히 얀(Friedrich Ludwig Jahn, 1778~1852). 독일의 체조 교육가. '체조의 아버지'라 불린다.

이 말입니다. 네, 괴테가 그에게 조국이 없다는 평판을 얻는 데 거의 성공했을 때 파른하겐 폰 엔제[133]는 외쳤습니다. "괴테가 애국자가 아니라고? 그의 가슴속에는 일찍이 게르마니아의 모든 자유가 모여 있었다. 그곳에서 우리 교양의 전형, 본보기, 근간이 생겨났고 우리 모두에게 이득을 가져다주었다. 그 가치는 결코 충분히 인식되지 않았다. 이 나무의 그림자 속에서 우리 모두는 살아간다. 뿌리가 우리 조국 땅을 그보다 더 단단히, 더 깊숙이 파고든 적은 결코 없으며, 잎맥이 이 땅의 골수를 그보다 더 강하게, 더 부단히 빨아들인 적은 결코 없다. 전투적인 우리 청년들, 그들이 품었던 고상한 마음은 자기가 거기에 단단히 한몫했다고 주장하는 다른 많은 정신보다 실로 이 정신과 더 관련이 깊다."

힘이 넘치는 멋지고 좋은 말입니다. 국민적 사안에서 한 남자의 견해와 발언은 별것 아닌 반면 그 존재와 행동은 모든 걸 결정한다는 진리를 이 말은 보여 줍니다. 「괴츠」를, 『파우스트』를, 『마이스터』를, 「잠언시Sprüche in Reimen」 그리고 슐레겔[134]이 "조국적"이라는 형용

---

133. 카를 아우구스트 파른하겐 폰 엔제(Karl August Varnhagen von Ense, 1785~1858). 독일의 외교관, 문필가.

사로 경의를 표한 시 「헤르만과 도로테아Hermann und Dorothea」를 쓴 사람이라면, 마지막에 가서 세계주의적인 불확실성을 좀 드러내 보일 수도 있는 거죠. '러시아 땅의 대문호'가 말년에 합리적이고 기독교적인 평화주의를 드러내 보일 수 있었듯이요. 그렇다면 문학가의 공허함에 빠지지 않으면서 정신을 옹호할 수 있을 만큼 국민적 본성이 충분한 거죠. 괴테는 국민적인 것을 늘 자연이라 여겼습니다. 이를테면 에커만에게 한 유명한 말에서 알 수 있는 것처럼요. "대체로 국민적 증오심이란 특유한 것이지. 문화의 가장 낮은 단계에서 이 증오심은 가장 강렬하고도 가장 거칠게 나타나는 법이야. 그렇지만 국민적 증오심이 완전히 자취를 감추고, 말하자면 국민적인 것을 초월하여 이웃 나라 국민의 행복이나 불행을 마치 자기 자신이 당하는 일처럼 느끼는 단계가 있네. 이 문화 단계가 나의 본성에는 어울렸지. 나는 육십 세에 도달하기 이전부터 오랫동안 이런 굳센 신념 아래서 살아왔어."[135]

---

134. 아우구스트 빌헬름 슐레겔(August Wilhelm von Schlegel, 1767~1845). 독일 낭만주의를 대표하는 작가.

135. 『괴테와의 대화』, 728쪽에서 인용.

정신의 아들들에게 주어진 감상적 명령이 '육체화!'
인 것처럼 자연의 총아들에게 주어진 감상적 명령은
'정신화!'입니다. 이미 말했듯 괴테와 톨스토이는 이
명령을 수행하는 솜씨에서 차이가 있습니다. 하지만
톨스토이의 고된 탈자연화 작업은 비록 정신화된 야성
에 지나지 않으나, 괴테의 장엄한 문화와 견주어도
여전히 감동적이고 존경할 만합니다. 그러나 중요한
건 세상에 손쉬운 일이란 없다는 점입니다. 수고 없는
자연, 그건 조야합니다. 수고 없는 정신은 뿌리 없이
공허합니다. 정신과 자연이 동경에 부풀어 서로를 향해
가는 길에서 이루어지는 고차원적 만남, 이것이 바로
인간입니다.

공감

고리키가 한번은 톨스토이에 관해 아주 특기할 만하고 깜짝 놀랄 발언을 합니다. 그는 톨스토이가 굉장히 이성적인 사람이었음에도 불구하고 자연이 어쩌면 예외를 두어 자기에게 육체적 불멸을 허락하기를 때때로 바랐거나 그게 아니더라도 그런 생각을 품었을 가능성을 암시합니다. "전 세계가, 넓은 세상이 그를 주시한다. 살아서 진동하는 실들이 중국, 인도, 아메리카에서, 도처에서 그를 향해 뻗어 간다. 그의 영혼은 모두를 위한 것이며 영원하다. 자연이 그 법칙을 깨고 한 인간에게 육체적 불멸을 주지 않을 이유가, 그러지 않을 이유가 뭐가 있겠는가?" 이 얼마나 터무니없는 소리입니까! 하지만 그것이 사실이 아니라고, 즉 이성적인 늙은 톨스토이가 그런 방자하기 그지없는 생각에 빠진 적이 결코 없었다고 하더라도 고리키가 톨스토이를 두고 그러한 생각을 했다는 것은 여전히 특징적입니다. 그것은 이 주의 깊은 관찰자가 보기에 톨스토이가 자연과, 삶과 맺고 있는 관계를 특징지어 줍니다. ── 그러면 괴테는 어떨까요? 나폴레옹은 권력의 한계에 부닥쳐 한탄하길 오늘날 사람들이 그를 자신의 형제인 알렉산더처럼 정말 신으로 여기기에는 너무 회의적이라고 한 바 있습니다. 폰 레베초 아가씨의 늙은 연인이 그처럼 때때로 삶과 인간의 경계에 부닥치지 않았다고 말할 수 있을까요? 고리키에 따르면 늙은 톨스토이가 품었을 법한 저 생각을 괴테가 절대 할 수 없었다고 말할 수 있을까요? 다시 말해 자연이 애지중지하는 아들인 그를 다른 모든 평범한 인류처럼 소멸시켜 버리기를 어쩌면 주저할 거라는 생각 말이죠.

그렇지만 괴테는 83세 나이에 돌연히 사망했습니다. 말하자면 자연이 그를 다정하게 기만한 거죠. 괴테는 고통에 시달린 후 휴식을 취하고 잠을 좀 자려 안락의자

구석에 편안히 몸을 기댔다가 저세상으로 가 버렸습니다. 에커만이 그의 시신을 본 장면을 묘사하는 대목은 널리 알려져 있습니다. "몸은 아무것도 걸치지 않고 하얀 침대보에 싸여 있었다. 사람들은 가능한 한 부패하지 않게 시신을 보존하려고 큰 얼음 조각들을 근처에 빙 둘러 세워 놓았다. 프리드리히(하인)가 침대보를 걷었고 나는 신처럼 화려한 신체에 경탄했다. 가슴은 굉장히 다부지고 넓고 아치형이었으며, 팔과 넓적다리는 실하고 부드러운 근육으로 덮여 있었으며, 발은 섬세하고 아주 순수한 형태를 갖추고 있었다. 그리고 온몸 어디에서도 비만하거나 수척하거나 쇠약한 흔적은 찾아볼 수 없었다. 완벽한 인간이 위대한 아름다움 속에서 내 앞에 누워 있었다. 황홀감에 빠진 나머지 나는 불멸의 영혼이 그러한 껍질을 떠나고 있다는 사실을 순간 망각했다."

여기에서 오해해서는 안 됩니다. 괴테와 톨스토이가 튼튼했다고, 병든 천재인 실러와 도스토옙스키와 달리 저속한 의미에서 '정상적'이었다고 주장하는 사람은 아무도 없습니다. 누구보다 자연의 축복을 받은 천재도 결코 속물적 의미에서 자연적이지 않습니다. 다시 말해 건강하고 정상적이고 표준적이지 않습니다. 육체적으로는 항상 섬세하고 민감한 구석이 많고 위험한 고비에 처하거나 병에 걸리는 경향이 강하며, 정신적으로는 늘 평범한 사람을 당혹케 하고 섬뜩한 느낌을 주는 점, 정신병자와 가까운 점이 많습니다. 속물들이 그런 식으로 말해서는 안 될 일이지만요……. 그렇고말고요! 제가 여기에서 이야기하는 것은 안타이오스적 천재의 특별한 귀족성에 속하는 예의 **감각적 재능**입니다. 괴테의 파우스트는 **지령**地靈에게 하는 말에서 이러한 재능을 찬미하죠.

숭고한 정령이여, 너는 내가 원하는 것을
모조리 내게 주었다. 네가 불 속에서
너의 얼굴을 내게 보여준 것도 허사가 아니었다.
화려한 자연을 내 왕국으로 주었고,
그것을 느끼고 즐길 수 있는 힘도 주었다.
단지 냉정하게 눈을 부릅뜨고 보는 것만 허락했을 뿐
아니라
다정한 친구의 품속과 같이 자연의 품속을
깊숙이 들여다보는 은혜를 내게 베풀어 주었다.[136]

공감
····
185

그것을 느끼고 즐길 수 있는 힘. 톨스토이의 감각적 재능은, 개인적인 견해를 말하자면, 자연이 가장 완벽하게 만든 고상하고 고도로 민감한 동물의 재능이었음이 틀림없습니다. 이 재능은 인간의 반성하는 의식을 통해 강해지고 승화했지요. 톨스토이의 눈, 무성한 눈썹 아래 자리한 작고 날카로운 잿빛 눈은 매의 눈이었으며 모든 것을 보았습니다. 그 눈이 지닌 날카로운 분석력은 지나치다는 느낌을 줄 수 있을 정도였습니다. 그래서 한 비평가는 톨스토이에게 이렇게 썼습니다. "이따금 당신은 어떤 사람의 이런저런 신체적 특성을 볼 때 그가 인도로 여행을 가고 싶어 한다고 말할 수 있습니다." 그는 후각이 아주 예리했던 것 같습니다. 후각은 톨스토이 작품이 지닌 엄청난 감각성에 많은 부분 기여했습니다. 하지만 오래 지속된다는 점에서 그 후각은 인간을 경외하는 마음에 때때로 방해가 되었던 듯합니다. 톨스토이는 회상합니다. "별로 꺼내고 싶지 않은 이야기이지만, 숙모에게 들러붙어 있던 코를

---

136. 『파우스트』, 3,217행 이하.

찌르는 독특한 냄새를 나는 아직도 기억한다. 아마 옷이 너저분한 탓이었으리라."

괴테가 날씨에 민감했다는 점은 앞서 이야기했습니다. 그러한 민감함은 예의 과도하다 싶은 감각적 재능으로 분류할 수 있으며, 그가 밤에 바이마르의 침실에서 메시나의 지진을 예감할 때는 자연을 꿰뚫어 보는 신비로운 성격을 띱니다. 동물의 신경기관 또한 그런 사건을 미리 그리고 동시에 느낄 수 있지요. 동물적인 것은 초월적입니다. 모든 초월성은 동물적입니다. 자연과 친밀한 감각적 민감성은 본래의 감각적인 영역의 경계를 넘어 초감각적이고 자연신비적인 영역에 이릅니다. 괴테에게서 신적, 동물적 특성은 솔직함 그리고 자연귀족적 자부심과 더불어 긍정되며 모든 단계에서 모든 형태로 나타납니다. 성적인 형태로도요. 괴테는 이따금 '프리아포스적' 성향을 보였습니다. 톨스토이에게서는 확실히 볼 수 없는 성향이지요. 이 고대의 문화 요소는 그의 본질에는 결여되어 있으니까요. 즉 톨스토이의 성적 욕망은 인문적이고 고대적인 색채가 아니라 러시아적이고 힘에 탐닉하는 색채를 띠었고 여기에는 동시에 늘 도덕주의의 그림자가 드리워 있었습니다. 아마도 깊은 후회가 뒤따랐을 뿐 아니라 이미 동반해 있었죠. 우리에게는 장교 시절, 그러니까 세바스토폴 시절 톨스토이의 동료들이 남긴 증언이 남아 있습니다. 이 증언들은 당시에 이미 그의 내면에서 감각적 충동과 정신적 충동이 얼마나 격렬하고 광포하게 싸웠는지 똑똑히 보여 줍니다. 이러한 묘사 중 하나에 따르면 젊은 톨스토이 백작은 훌륭한 동료이자 포병중대의 영혼이었으며 쾌활함이 넘치는 사람이었습니다. 그가 없으면 분위기가 온통 축 처졌죠. "그의 소식은 전혀 들려오지 않았다." 증언자는 말합니다. "하루, 이틀, 사흘이 가도록…… 마침내 그가 돌아왔다…… 암울하고 초췌하고 스스로에게 불만족한 모습이 완전히 탕자처럼 보였다. 그는 나를 한쪽으로 데려가 고해를 시작했다. 나에게 모든 것을 고백했다. 밤낮으로 술을 진탕 퍼마시던 일이며 카드놀이를 하던 일이며 그야말로 모든 걸 말이다. 그리고 여러분이라면 믿겠는가? 마치 끔찍한 범죄라도 저지른 양 그의 후회와 고통은 너무도 깊었다. 그의 절망은 너무도 한없어서 보고 있기가 고통스러울 지경이었다……. 그는 그런 사람이었다. 그는 한마디로 별난 사람이었고, 진실을 고백하자면 나는 그를 완전히 이해할 수 없었다."

이 말을 믿어 봅시다. 이 젊은 장교가 목격한 게 분명한 '고통스러운 절망'은 저 내면의 분열로부터 온 것입니다. 그 결과 말년의 톨스토이는 양심을 일깨우는 가장 위대한 자, 사람들에게 신의 두려움을 가장 강하게 불러일으킨 자가 되었지요. 하지만 도덕적 고뇌가 깊었다는 점이야말로 그가 느낀 격렬한 충동을 증명합니다. 자연성은 톨스토이의 기독교성에 점점 더 무거운 짐과 고통이 되었고 기독교성은 자연성으로부터 벗어나 안정을 바랐습니다. 그러나 그러한 안정에는 결코 이르지 못했지요. 끝까지요. 톨스토이는 괴테만큼이나 성적인 수명이 길었습니다. 괴테는 다음과 같이 스스로를 놀린 바 있지요.

이 늙은이, 아직도 그러고 있나?
늘 여자 타령이지!

하지만 톨스토이는 일찍이 교부처럼 여자를 악마의 도구라 여기게 되었고 여자와의 정신적 관계는 오래전부터 그렇게 고착되었습니다. 따라서 늙은 괴테가 울리

케와 겪은 것과 같은 체험은 톨스토이에게 생각할 수 없는 일이었습니다. 그런데 특기할 만한 점 혹은 이 모든 것에도 불구하고 그의 위대하고 강력한 소질을 감안할 때 사실 자명한 점은 그가 성적 영역과 맺는 관계에서는 위선이나 점잔 빼는 태도, 심지어 섬세함도 흔적조차 찾아볼 수 없다는 것입니다. 반대로 이 방면에 대한 그의 발언에는 이교적인 솔직함이 들어 있습니다. 그 탁월한 솔직함은 냉소에 가깝습니다. 톨스토이는 고리키와 안톤 체호프와 함께 바닷가를 산책합니다. 갑자기 톨스토이가 체호프에게 젊은 시절 과거에 관해 질문을 던지는데 이때 그는 상스러우면서 엄숙한 성서 표현을 사용합니다.[137] 안톤 파블로비치는 당황하여 우물우물하면서 수염을 잡아당기죠. 늙은 톨스토이는 더듬거리는 그를 내버려두고 시선을 바다로 향한 채 네 단어로 자기 자신의 행실에 관해 굉장히 긍정적인 고백을 시작합니다. 톨스토이는 농부들이나 쓰는 심하고 저속한 표현으로 말을 끝맺죠. 고리키는 말합니다.

---

137. 톨스토이는 "자네는 소싯적에 오입을 많이 했는가?"라고 묻는다. 한국어 성서에서는 '오입' 대신 '간음'이나 '음행' 같은 표현을 사용한다.

"그의 꺼칠꺼칠한 입술에서 나올 때 그런 모든 말은 소박하고 자연스럽게 들렸으며 군인 같은 조야함을 잃었다."라고.

고리키는 또 다른 곳에서 이렇게 말합니다. "레프 니콜라예비치가 **자연 연구가**였다면 분명 가장 통찰력 있는 가설들을 펼쳤을 것이며 가장 위대한 발견들을 해냈을 것이다." 고리키는 톨스토이의 본질을 이루는 강한 감각성과 관련하여 이런 말을 한 게 아닙니다만 우리는 이 발언을 톨스토이의 감각성과 연결 짓는 경향이 있지요. 또 톨스토이를 자연과학 분야의 잠재적인 천재로 보면서 고리키가 괴테를 떠올리는 것 같지도 않습니다만 우리로서는 괴테가 떠오르지요. 그리고 다음과 같은 사실은 아무래도 완전한 우연으로 보이지 않습니다. 1790년 베네치아, 에피그램이 증언하는 관능적 모험들이 벌어진 시기에 괴테는 리도에서 양의 쪼개진 두개골을 보면서 척추뼈로부터 모든 두개골이 생겨나는 과정에 대한 형태학적 통찰을 얻습니다. 그것은 동물 몸의 변형에 대한 아주 중요한 설명이었지요. 톨스토이가 자연과학 분야에 종사했다면 천재적인 발견을 해냈을 거라고 말할 때 고리키가 무엇을 염두에

두는지는 의심할 것 없이 확실합니다. 그것은 자연의 축복을 받은 자들이 유기체적 삶에 대하여 훤히 알면서 느끼는 공감입니다. 이 공감은 에로스와 멀지 않으며 괴테의 생물학적 직관, 가령 그가 세포 이론을 믿기지 않을 만큼 확실하게 선취한 것은 이 공감 덕입니다.

이러한 공감은 젊은 시절 괴테의 가니메데스 파토스[138]에서 표현되지 않나요? "수천 겹의 사랑의 환희와 더불어 그대의 영원한 온기의 성스러운 느낌이 내 가슴으로 밀려드네"라는 구절에서, "그대 품에 안겨 위로, 만물을 사랑하는 아버지여!"라는 구절에서요. 이러한 공감은 자기의 감각을 객관화한 것에 지나지 않는 그의 범신론에서 표현되지 않나요? 괴테는 만물에 자신을 내맡김으로써 신성을 밖에서 닥쳐오는 것이 아니라 만물에 두루 스며드는 것으로 느끼게 되지요. 어쨌든 이 유기체적 공감, 이 애정 담긴 관심은 절대적으로 삶을, "영원한 온기"를 향합니다. 반면 (자연의 두 위대한 아이에게서 이보다 더 특징적인 차이가 또 있을까요!) 톨스토이의 가장 강하고, 가장 고통스럽고, 가장

---

138. 괴테의 시 「가니메데스(Ganymed)」를 가리킨다. 시 전문은 『괴테 시 전집』, 84쪽 참조.

깊고, 가장 생산적인 관심은 **죽음**을 향합니다. 죽음에 대한 생각은 그의 사고와 창작을 지배합니다. 세계 문학의 어떤 거장도 톨스토이처럼 죽음을 느끼고 표현하지 않았다고, 죽음을 그토록 지독히 파고들며 느끼고 그토록 물리지 않고 자주 표현하지 않았다고 할 수 있을 정도죠. 죽음을 시적으로 탐구하는 톨스토이의 천재성은 실로 괴테의 자연과학적 직관과 짝을 이룹니다. 그리고 두 사람의 밑바탕에는 유기체적인 것과의 공감이 있습니다. 죽음은 아주 감각적이고 아주 육체적인 문제입니다. 톨스토이가 죽음에 그토록 많은 관심을 두는 것이 몸에, 육체적 삶으로서의 자연에 감각적으로 관심이 매우 많기 때문인지 혹은 그 반대인지는 말하기 어려울 것입니다. 여하튼 죽음에 대한 그의 집착에도 사랑이 관여합니다. 왜냐하면 톨스토이의 시와 종교성의 원천인 죽음에 대한 두려움은 자연을 사랑하는 일에 대한 두려움이며, 괴테의 높이 날아오르는 가니메데스의 부정적이고 자연주의적인 측면이니까요.

괴테이자 파우스트는 지령에게 이렇게 말합니다.

　너는 생명 있는 것들의 대열을 인도하여

내 앞을 지나가게 하고 조용한 숲과 공기와

물속에 사는 내 형제들을 만나도록 해주었다.[139]

　내 형제들. 아시다시피 괴테는 진지하게 "인간이
동물과 아주 가깝다"고 생각한 사람이었습니다. 그때까
지 학문은 아직 그런 식의 통찰에 이르지 못했지요.
온통 그 생각에 사로잡힌 모습, 괴테의 심오하고 참된
직관은 자연의 아이 그리고 이 아이가 유기체적인 것에
느끼는 공감의 특징을 잘 보여줍니다. 실러의 인문성,
즉 해방적이면서 기본적으로 자부심이 넘치고 자연에
적대적인 인간성 개념은 그 생각을 별로 마음에 들어
하지 않았을 것입니다. 그리고 마음에 들지 않는, 다시
말해 이념적으로 반갑지 않는 생각은 발견되지 않는
법이지요. '전제 없는 학문'이란 없습니다. 학문적 발견
은 늘 이념적 전제의 결과입니다. "나는 알기 위해서
믿는다."[140]라는 중세의 말은 영원히 옳을 것입니다.
믿음은 앎의 기관입니다. 인간을 포함한 고등 동물계의

---

139. 『파우스트』, 3,225행 이하.
140. Credo ut intellegam. 초기 스콜라 신학자인 안셀무스(Ansel
　　mus Cantuariensis, 1033~1190)의 말.

형성 기준이며 식물학 분야에서 '원식물原植物'이라는 직관적 이념에 해당하는 통일적 상像의 이념을 미리 파악하고 미리 직관하지 않았더라면 괴테는 결코 인간에게서 간악골間顎骨을 발견하지 못했을 것입니다. 우리는 괴테가 간악골을 발견했다는 사실과 괴테가 그에 대해 제시하는 인간적 설명 사이에 존재하는 우스꽝스러운 모순을 지적할 수 있습니다. 괴테는 간악골이 동물에게서 상황과 필요에 따라 다양한 형태를 갖추었다고 말합니다. 마지막으로, 가장 고귀한 피조물인 인간에게서 간악골은 "동물적 탐식이 드러날까 하는 두려움 때문에" 수줍게 숨어 있다고요. 인간의 이상주의적 자부심은 부끄럽게 숨겨진 것을 발견하여 백일하에 드러내는 행위가 참으로 비인간적이라며 이의를 제기할 수 있을 테지요.

그럼에도 괴테에게서 어떻게 생물학적, 의학적 측면이 인문주의적 관심, 인간과 그 아름다움에 대한 관심, 그러니까 예술과도 근본적으로 결합되어 있는지를 보면, 그에게서 예술이 인문 분과로서 어떻게 나타나며 인간의 탐구, 지식, 능력과 관계된 모든 분과와 학과가 어떻게 하나의 크고 절실하고 애정 어린 관심과 흥미,

즉 인간에 대한 관심의 다양한 음영과 변형으로 표현되는지를 보면 이상하면서 몹시 의미심장한 느낌을 받습니다. 괴테가 자연과학적이고 의학적인 시각에서 인간적인 것을 바라본 것은 실러나 도스토옙스키처럼 집안 전통 때문이 아니었습니다. 실러와 도스토옙스키는 둘 다 의사의 아들이었으며 그러면서도 인간의 몸에 전혀 신경을 쓰지 않았지요. 반면 우리가 알기로 괴테는 라이프치히 시절부터 의학을 연구했고 스트라스부르에서는 날마다 의학도들과 교류했습니다. 세상에서 특별히 말하는 "아름다운 학문Schöne Wissenschaft"이 아니라 외과가 자신의 장래 직업인 양 해부실에서, 내과에서, 산과에서 진지하게 일했습니다. 훗날 괴테가 제도 아카데미에서 젊은 예술가들에게 직접 인간 신체의 골격에 대한 강의를 한 사실을 생각하면 그가 어떤 마음가짐으로 의학을 연구했으며 어떤 관심 때문에 의학 연구에 헌신했는지를 분명히 알 수 있습니다. 『편력시대』에 나오는 빌헬름 마이스터의 발언들에서 우리는 그 점을 더욱 분명히 알 수 있습니다. 빌헬름 마이스터는 외과의로 수련을 쌓고 무엇보다 해부학에 관심을 가집니다. 그는 자신이 완전히 다른 활동 분야에서 이미 오래전부터 어떻게 그 준비를 해왔는지에 대하여 매우 주목할 만한 보고를 합니다.

빌헬름 마이스터는 말합니다. "누구도 짐작하지 못할 특이한 방식으로 나는 인간 형상에 관한 지식에서 벌써 큰 진전을 이루었습니다. 극단 생활을 하던 동안의 일이지요. 나는 모든 것을 자세히 눈여겨보았는데 육체적인 사람이 주역을 맡더군요. 미남 미녀 말입니다! 단장이 그런 사람들을 손에 넣을 만큼 충분히 운수가 좋다면 희극 작가와 비극 작가들은 걱정할 게 없습니다. 그러한 집단은 비교적 자유분방한 상태에서 생활하므로 그 단원들은 감춰지지 않은 육체의 본래 아름다움을 다른 어떤 환경에서보다 더 잘 압니다. 갖가지 의상조차도 보통 관례적으로 감춰졌던 것을 명백히 드러내도록 강제합니다. 이런 일에 대해서, 그리고 영리한 배우가 자신과 다른 이들에게서 알아야 하는 신체적 결점에 대해서도, 그런 결점은 개선할 수 없는 경우 적어도 숨겨야 하지요, 저는 많은 이야기를 할 수 있을 겁니다. 이런 식으로 충분한 준비를 갖췄기에 나는 인체의 외부를 보다 상세히 알도록 가르치는 해부학 강의에 시종일관 주의를 기울일 수 있었습니다. 인체의 내부 역시 내게 낯설지 않았지요. 나한테는 그것에 대한 어떤 예감이 늘 있었으니까요."[141]

앞서 말했듯 이것은 중요한 보고입니다. 이로써 우리는 배우 생활의 "비교적 자유분방한 상태" 덕에 빌헬름이 인간의 신체를 알게 된 것이 운 좋게도 해부학 연구를 위한 준비가 되었다는 사실을 알 수 있습니다. 그뿐만 아니라 두 가지, 즉 연극에 대한 애착과 의학적 경향이 하나의 깊은 관심, 그러니까 유기체적 삶과 그 최상의 표현인 인간 형상에 대한 공감으로부터 비롯된다는 점, 이미 이야기한 것처럼 에로스와 멀지 않은 공감과 관심에서 비롯된다는 점을 알 수 있습니다. 가령 어느 날 해부실의 자기 자리에서 빌헬름 마이스터가 작업할 표본으로 "언젠가 어느 청년의 목을 감쌌던 아름답기 그지없는 여자 팔"을 볼 때, 그 팔을 보면서 "이 멋진 자연의 산물"을 자신의 외과기구로 더욱 훼손하는 짓을 차마 하지 못할 때 에로스는 멀지 않은 곳에 있습니다. 이 상황을 통해 그는 예의 비범한 남자, "조형적 해부학자"이자 조각가와 알게 됩니다. 이 조각

---

141. 『빌헬름 마이스터의 편력시대』 중.

가는 동시에 밀랍이나 다른 덩어리를 가지고 자연적 표본의 생생하고 다채로운 외관을 가진 해부학 모형도 만듭니다. 그는 많은 모형을 계속 개량하여 제작함으로써 전 세계에서 배우고 실습하는 의학도들의 직관에 봉사하길 바라지요. 이제 두 사람은 조형 예술과 해부학의 관계에 대하여 매우 의미심장한 대화를 주고받습니다. 이 대가가 "부드러운 덩어리에서 고대 청년의 아름다운 토르소를 뜬 다음 통찰력을 발휘하여 표피를 벗김으로써 이념적 형체를 노출시키고 아름답게 살아 있는 것을 실제 근육 표본으로 바꾸려" 할 때 두 분야는 맞물립니다.[142]

여기에서 이 만년의 산문 작품은 괴테의 초기 사상과 교양 체험에 연결됩니다. 괴테는 예술 인식과 자연 인식이 서로서로 깊어진다는 것을 일찍이 느끼고 그 점을 말했습니다. 그는 로마에서 이렇게 씁니다. "나는 자연을 관찰하는 것처럼 이제 예술을 관찰합니다. 나는 인간이 이룬 최고의 것에 대한 완전한 개념 또한 얻습니다. 저는 그것을 오래도록 구해왔지요. 그리고 나의

---

142. 같은 책.

영혼은 이 측면에서도 더욱 **도야되고** 보다 자유로운 영역을 들여다봅니다."[143] 헤르더에게 쓴 편지에는 "이제 내게 건축술과 조각술과 회화는 광물학, 식물학, 동물학과 같네."라고 적혀 있습니다. 그리고 또 한번은 이렇게 썼습니다. "결국 우리는 예술을 사용함에 있어 자연이 자기 작품들을 만들 때 취하는 방식을 적어도 어느 정도 모방하여 익힌 다음에만 자연과 경쟁할 수 있다……. 인간 형상은 표면을 관찰하는 것만으로는 파악할 수 없다. 생동하는 물결 속에서 분리되지 않은 아름다운 전체로서 우리 눈앞에서 움직이는 것을 정말로 보고 모방하려면 인체의 내부를 노출시키고 부분 부분으로 나누고 연결 관계를 파악하고 차이점을 알고 작용과 반작용을 배워야 하며 숨겨진 채로 가만히 있는 것, 즉 현상의 기초를 마음속에 새겨야 한다."[144] 이것이 괴테의 말입니다. 이 말이 진실에 부합한다는 것을 누가 의심하겠습니까? 보이지 않는 것을 함께

---

143. 슈타인 부인에게 쓴 편지 중.
144. 괴테가 창간한 잡지 『프로필레엔(*Propyläen*)』의 서문 중. 전문은 요한 볼프강 폰 괴테, 정용환 옮김, 『예술론』, 민음사, 2008에 수록되어 있다.

그려내기 위하여 표피 아래에 대해서도 잘 아는 게 예술가에게 유용하다는 것을 누가 부정하겠습니까? 달리 말해 만약 예술가가 자연과 단순히 서정적 관계뿐 아니라 다른 관계도 맺고 있다면, 예술가가 가령 의사를 겸직한다면, 예술가가 생리학자이고 해부학자이며 여성용 속옷에 대해서도 은밀한 지식을 가졌다면 말입니다. 인체의 껍질은 표피의 점액층과 각질층으로만 이루어지지 않으며 그 아래에 있는 진피 조직을 생각해야 합니다. 진피 조직에는 피지선과 한선汗腺, 혈관, 유두가 있고 그 아래에 다시 지방 조직이 있습니다. 무엇보다 그곳에 있는 많은 지방세포 덕분에 우아한 형태가 나타나는 것이죠. 그런데 예술가가 함께 알고 함께 생각한 것, 이것이 함께 말도 합니다. 그것은 손으로 흘러들어가 나름의 작용을 하고 존재하지 않으면서도 어찌된 까닭인지 존재합니다. 그 결과 바로 구상성具象性이 생깁니다. 앞서 말했듯이 예술은 다른 여러 분과와 함께 있는 하나의 인문 분과에 불과합니다. 철학, 법학, 의학, 신학, 심지어 자연과학과 기술까지 모든 분과는 하나의 고차원적이고 흥미로운 문제의 다양한 음영이자 변종일 뿐입니다. 우리는 한없이 다양한 방식으로 그리고 다각적으로 그 문제를 대할 수 있습니다. 왜냐하면 그 문제란 인간이니까요. 그리고 인간 형상은 그 모든 것의 총체입니다. 괴테를 빌려 말하자면 "모든 인간 지식과 행위의 극치"이고 "우리가 아는 모든 것의 알파와 오메가"[145]입니다.

---

145. 『이탈리아 기행(*Italienisce Reise*)』의 '두 번째 로마 체류기'에서 1788년 1월 10일과 1787년 8월 23일 기록 중. 기존 한국어 번역은 요한 볼프강 폰 괴테, 박찬기·이봉무·주경순 옮김, 『이탈리아 기행』, 민음사, 2004, 322쪽 및 184쪽 참조.

고백과 교육

　　자서전과 교육……. 이 두 가지 개념은 유기체적인 것과의 공감에서 최고의 대상인 인간 형상의 이념이 우리 앞에 나타나는 순간 다시 하나로 결합합니다. 그렇습니다, 본래 조형적 이념인 이 이념을 대할 때 두 충동은 인간적 통일체를 이룹니다. 교육적 요소는 의식적으로든 무의식적으로든(무의식적인 쪽이 낫죠) 이미 자서전적 요소 속에 들어 있습니다. 교육적 요소는 자서전적 요소로부터 생겨나며 그로부터 자라납니다.

　　괴테는 어디에선가 빌헬름 마이스터를 자신의 "사랑하는 닮은꼴"이라 부릅니다. ……그런데 왜일까요? 보통 우리가 자신의 닮은꼴을 사랑하나요? 치유할 길 없는 자만병을 앓는 사람이 아니라면 자신의 닮은꼴을 바라보면서 자기 자신이 더 나아질 필요가 있다는 것을 제대로 알게 되지 않던가요? 네, 바로 그렇게 되죠. 그리고 개선과 보완이 필요하다는 바로 이 감정, 자신의 자아가 하나의 과업이자 도덕적이고 미학적이며 문화적인 책무라는 이 느낌은 이 자서전적 교양소설이자 발전소설의 주인공에게서 객관화되고 '너'로 대상화됩니다. 작가의 자아는 이 '너'에게 인도자, 조형자, 교육자가 되며 '너'와 동일한 동시에 '너'보다 우월한 위치에 있습니다. 그리하여 괴테는 자기 안의 어두운 충동을 드러내면서 아버지의 애정을 담아 자신의 빌헬름, 이 좋은 친구를 "가엾은 개"라 부른 적이 있죠. 이 말에는 자기 자신과 빌헬름을 향한 감정이 듬뿍 담겨 있지요. 즉 자서전적 파토스의 내부에서도 이미 교육적인 것으로의 전환이 진행됩니다. 그리고 이 객관화 과정은 『빌헬름 마이스터』에서 '탑'의 모임을 등장시킴으로써 앞으로 나아갑니다. '탑'의 모임은 빌헬름의 운명과 인간의 도야를 관장하며 은밀한 실로 빌헬름의 삶을 이끌죠. 개인적이고 모험적인 자기 도야의 이념은 『수업시대』에서 더욱 분명하게 교육 이념으로 변하며 『편력시대』에서는 앞서 이야기한 것처럼 사회적 영역, 그렇습니다, 정치적 영역에 이릅니다. 또한 괴테는 파우스트 시의 끝부분에서도 잊지 않고 자기 형성과 인간 형성의 이 틀림없는 일체성을 한순간 시적으로 빛나게 했습니다. 아래에서 "언제나 노력하며 애쓰는" 변모한 자를 저기 위에서 승천한 소년들이 이런 노래로 맞이하니까요.

우리들은 세상에 사는 무리 속에서
일찍이 떠나왔으나
이분은 배우신 것 많으므로
우리들을 가르쳐 주시겠지요.[146]

괴테는 자신의 자아를 문화적 과업으로 이해했으며 자아가 이 과업을 수행하며 정화되게끔 했습니다. 이제껏 이런 의미에서 자신의 자아를 사랑한 사람은 아무도 없습니다. 이제껏 이런 의미에서 '자기중심적'이었던

---

146. 『파우스트』, 12,080행 이하.

사람은 아무도 없습니다. 그러면서도 괴테는 마치 우연인 양, 외부의 인간 세상에 교육적 영향을 미친다거나 젊은이의 인도자이자 인간의 조형자로서 기쁨과 권위를 누리지 않았지요. 삶의 정점에서 비로소 나타나는 저 통찰의 순간은 생산적인 인간의 삶에서 최고의 순간입니다. 이 순간은 예견할 수도, 예감할 수조차도 없습니다. 아마도 결코요. 자서전적인 가엾은 개는 충분히 어려운 과업인 자기 땅의 경작Kultur[147] 혹은 종교적으로 말하자면 자기 삶의 구원과 정당화 외에는 근본적으로 아무것도 생각하지 않으며 자신이 "무언가를 가르쳐 사람들을 개선하고 교화할 수 있다"[148]는 착각에 빠지지 않을 것입니다. 그럼에도 불구하고 그에게는 자기가 배우는 동안에 가르쳤다는 것, 자기가 형성하고 교육하고 인도했다는 것, 언어라는 고차원적이고 에로스로 충만하며 인간을 결합하는 문화 수단을 통해 젊은이들의 삶에 자기의 정신을 각인했다는 것을 깨닫고는 여전히 믿지 못하며 깜짝 놀라는 날이 옵니다. 그리고 이 인식, 이후 그의 존재를 지배하는 이 확신은 사랑에서

147. '문화'를 의미하는 독일어 Kultur에는 '경작'이라는 뜻도 있다.
148. 『파우스트』, 373~374행.

얻는, 아버지로서 얻는 모든 평범한 인간적 행복보다 훨씬 더 큰 조형적 쾌감을 줍니다. 정신적인 삶이 감각적이고 개인적인 삶보다 위엄 있고 아름답고 대단한 것과 마찬가지로요.

교육

"나는 괴테를 읽는다. 상념이 들끓는다." 톨스토이는 60년대 초, 그러니까 서른 몇 살 나이에 외국에서 러시아로 돌아와 교육학 작가이자 실천가로서 일을 시작할 즈음 일기에 이렇게 썼습니다. 당시 그는 무엇을 읽었을까요? 톨스토이 자신과 그의 상념이 그토록 "들끓은" 것은 독일 이상주의와 인문주의의 영역을 접한 까닭일까요? 그에게는 완전히 낯선 영역일 수밖에 없었지요. 괴테와 달리 톨스토이에게서 교육학적 경향은 사회와 도덕에서 직접 비롯된 것입니다. 톨스토이는 재능과 지식을 가진 남자라면 이로부터 자기 자신을 위한 즐거움을 얻기 전에 그러한 이점을 가지지 못한 이들과 그것을 공유해야 한다고 말했습니다. 그가 기울인 여러 노력의 동기로는 빈약해 보이며 이 대단한 예술가가 의식적으로 가졌던 사상처럼 합리적이고 인도주의적이지요. 또한 괴테에게서 문화와 교양 이념으로부터 사회적인 것이 유기체적으로 성장할 때 나타나는 아름다운 인간성보다 훨씬 수준이 낮고요. 하지만 톨스토이의 생각은 톨스토이라는 사람보다 한없이 보잘것없곤 했습니다. 여하튼 톨스토이가 괴테를 읽는 동시에 독자적인 국민학교 교사로서, 농민의 자녀들을 위한 학교의 설립자로서 머릿속에 맴돌던 교육학적 이념을 막 실천하려던 당시 그의 생각은 무엇을 향해 "들끓었"을까요?

보다 정확히 말하자면 톨스토이는 실험을 했습니다. 그는 민중과 젊은이 일반이 무엇을 어떻게 교육받기를 원하는지 실험을 통해 밝히기로 결심했습니다. 왜냐하면 그것이 확실치 않으며 그것을 밝혀내는 일이 무엇보다 중요하다는 게 그에게는 제일의 교육 테제였으니까요. 톨스토이는 말했습니다. "전체 사안에서 최대의 이해당사자이자 당파이자 판관인 이 민중은 그들의 정신적 자양분을 어떻게 마련할지를 두고 우리가 벌이

교육
····
209

는 다소 기발한 논쟁을 잠자코 경청한다. 민중은 이 논쟁에 완전히 무관심하다. 민중은 자신들이 정신적 발전이라는 대업에서 잘못된 걸음을 내딛지 않을 것이고 잘못된 건 아무것도 받아들이지 않을 것임을 똑똑히 아는 까닭이다. 그리고 민중을 그들에게 적절치 않은 방식으로, 이를테면 독일식으로 교육하고 가르치고 이끌려는 모든 시도는 완두콩이 벽에 부딪혀 튕겨 나오듯 민중에게서 튕겨 나올 것이다." 여러 글과 논쟁에서 밝히듯 톨스토이는 역사적 경험에 근거하여 독일식 학교를 바람직한 것으로 인정할 수밖에 없다손 치더라도 러시아에는 아직 존재하지도 않는 국민학교를 러시아인으로서 과연 지지해도 되는지는 여전히 문제라고 합니다. 무슨 역사적 논거를 가지고 러시아 학교가 나머지 유럽의 학교와 똑같으리라고 주장할 수 있느냐는 것입니다. 톨스토이는 민중에게 교육이 필요하고 모든 개개인은 무의식적으로 교육을 찾는다고 말합니다. 보다 개화된 상류계급, 사회, 정부관료는 자신의 지식을 다른 이들에게 전달하고 교양이 부족한 대중을 교육하고자 노력합니다. 보통은 가르침을 주는 계급과 가르침을 받는 계급의 필요가 그처럼 만남으로써 분명

만족스러운 결과를 낳는다고 생각할 테지요. 그러나 사실은 그 반대입니다. 대중은 상류계급이 그들을 교육하려 벌이는 온갖 노력에 끊임없이 저항하여 그 노력을 자주 수포로 만듭니다. 누구의 잘못일까요? 저항 그리고 이 저항의 대상인 행위, 둘 중 무엇이 더 정당할까요? 저항을 물리쳐야 할까요, 아니면 행위를 바꾸어야 할까요? 톨스토이는 후자가 옳다고 판정을 내립니다. 그는 말합니다. "우리는 다가올 세대가 무엇을 필요로 할지 모르며 알 수 없다는 점, 그럼에도 우리에게 그것을 탐색할 의무가 있다고 느낀다는 점을 스스로에게 솔직히 터놓고 고백해야 하지 않을까? 우리는 민중이 우리의 교육을 받아들이지 않는다는 이유로 그들의 무지를 탓하고 싶지 않다는 점, 만약 우리가 스스로의 이상에 따라 민중을 교육하는 일을 계속한다면 우리 자신의 무지와 오만을 탓해야 한다는 점을 스스로에게 고백해야 하지 않을까? 우리의 교육에 대한 민중의 저항에서 적대적인 면을 보는 짓은 이제 그만두자. 오히려 그 저항에서 표현되는 민중의 의지를 보자. 그것만이 우리를 인도할 것이다. 교육학의 전체 역사가 우리에게 똑똑히 가르쳐주는 사실을 이제 받아들이자. 교육을 하는 계급이 무엇이 좋고 무엇이 나쁜지 안다고 한다면 교육을 받는 계급은 분명 자신의 불만족을 표현하고 자기에게 본능적으로 만족스럽지 않은 교육으로부터 등을 돌릴 완전한 권리를 가진다는 사실, 교육 방법에서 유일한 기준은 자유라는 사실을 말이다!"

"교육학에서 유일한 기준은 자유이며 유일한 방법은 경험이고 실험이다." 이것이 교육자로서 톨스토이에게 최고의 원칙입니다. 그의 견해에 따르면 학교는 교육의 수단인 동시에 젊은 세대를 대상으로 한 실험이어야 합니다. 다른 말로 하면 학교는 교육의 실험실이어야 합니다. 교육학 실험은 그곳에서 단단한 기초를 닦습니다. 하지만 그러기 위해서는 실험 결과의 가치가 보장되는 환경에서, 즉 자유 속에서 실험이 이루어져야 합니다. 톨스토이의 설명에 따르면 현재 학교는 아이들의 정신적 능력을 어그러뜨리기에 아이들을 우둔하게 만듭니다. 학교는 가장 소중한 발전기 동안 아이들을 가정의 테두리 밖으로 끌어내고 아이들에게 자유의 행복을 빼앗으며 아이들을 혹사당하고 억눌린 피조물로 만듭니다. 그리하여 아이들의 입술이 낯선 언어로 낯선 말을 되풀이하는 동안 얼굴에는 피로하고 두렵고

지루한 표정이 들러붙어 있다고요. 하지만 만약 우리가 민중을 교육할 때 그들에게 자유를 준다면 우리는 그들에게 필요한 것을 말할 수 있는 가능성 또한 주는 것이며 더 나아가 제공되는 여러 지식 중에 원하는 것을 선택할 수 있는 가능성을 주는 것입니다. 플라톤부터 칸트까지 모든 철학자는 전통의 족쇄로부터 학교를 해방하기 위해 만장일치로 노력합니다. 이들은 인간이 정신적으로 무엇을 필요로 하는지 알아내려 애씁니다. 그리고 어느 정도 올바르게 파악한 이 필요를 토대로 자신들의 새로운 학교를 세웁니다. 루터는 민중이 성스러운 아버지들의 주석을 따르지 않고 원문 그대로 성서를 읽어야 한다고 요구합니다. 베이컨은 아리스토텔레스의 저술을 따르지 않고 자연에 따라 자연을 연구하라고 조언합니다. 루소는 낡은 경험을 따르지 않고 본인이 파악하듯 삶 자체로부터 삶을 가르치고 싶어 합니다. 모든 철학은 젊은 세대 자신에게 필요한 것을 가르친다는 생각을 옹호하며 기성세대가 학문이라 여겼던 것을 젊은 세대에게 가르친다는 생각으로부터 학교를 해방할 것을 주창합니다. 그리고 교육학의 역사를 주의 깊게 관찰해 보면 교육학에서 모든 진보란 학생과 교사의 사이가 자연스레 더 가까워지는 것, 학습 과정에서 강제가 줄어들고 부담이 적어지는 것을 뜻합니다.

그러니까 무정부주의 교육자 톨스토이는 규율에 곧바로 반대합니다. 그는 말합니다. "강제가 덜한 학교가 강제가 많은 학교보다 낫다. 규율상의 노력 없이도 도입할 수 있는 방법이 좋은 방법이다. 더 많은 엄격함이 필요한 방법은 분명 나쁜 방법이다. 나의 학교와 같은 한 학교를 예로 들어보자. 그곳에서 탁자와 방구석에 관해 대화를 하거나 작은 주사위를 이리저리 밀어보자. 이 학교에서는 경악스러운 무질서가 발생할 것이고 학생들을 정숙하게 만들려면 무조건 엄한 방법을 쓸 수밖에 없을 것이다. 반대로 학생들에게 재미난 이야기를 들려주거나 과제를 제시해보자. 아니면 한 학생에게 칠판에 글을 쓰게 하고 다른 학생에게 교정하게 하자. 그리고 모두 책상에서 일으키자. 그러면 학생들은 전부 이 일 저 일로 바쁠 것이고 장난을 치지 않을 것이며 규율을 강화할 필요가 없을 것이다. 우리는 이 방법이 좋은 방법이라고 안심하고 말할 수 있다."

"아이들은 아무것도 가져오지 않는다." 톨스토이는 야스나야 폴랴나의 학교 운영에 대해 이렇게 묘사합니다. "독본도 공책도, 학교에서는 아이들에게 숙제를 내주지 않는다. 아이들은 손뿐만 아니라 머릿속에도 아무것도 지닐 필요가 없다. 아이들은 어떤 과제도, 전날 한 것 중 아무것도 기억할 의무가 없다. 아이들은 다가올 수업에 대한 생각으로 고통 받지 않는다. 아이들은 타고난 감수성 그리고 학교생활이 오늘도 어제처럼 똑같이 재밌을 거라는 확신 외에는 아무것도 지니지 않는다. 아이들은 수업이 시작된 후에야 비로소 수업에 대해 생각한다. 지각하는 아이는 절대 야단을 맞지 않는다. 그리고 때때로 아버지가 일을 시키려고 잡아두는 몇몇 나이 든 아이를 제외하면 학생들은 절대 지각하는 법이 없다. 어쩌다 지각을 하더라도 부리나케 달려와 헐레벌떡 학교에 도착한다."

야스나야 폴랴나 마을 아이들은 얼마나 행복합니까! 그런데 톨스토이가 아이들로 하여금 학교에서 적어도 한 가지 즐거움만은 누리게 하려고 애쓰는 것은 이해가 갑니다. 왜냐하면 그는 학교의 교육적 가치를 그다지 믿지 않았으니까요. 궁극적으로 톨스토이는 마르세유, 파리 그리고 서유럽의 다른 도시들에서 쌓은 개인적 경험으로부터 얻은 확신, 다시 말해 민중 교육의 대부분이 결코 학교가 아니라 생활에서 이루어진다는 점 그리고 공공 강연, 단체, 책, 전시 등을 통한 자유롭고 개방적인 수업이 여전히 모든 학교 수업보다 우월하다는 점을 숨기지 않습니다. 하지만 어떻든 간에 톨스토이의 생각에서 무엇이 옳고 무엇이 잘못인가는 일차적으로 우리의 관심사가 아니며 우리가 관심을 두는 것은 그 생각에 있는 특징적인 점입니다. 톨스토이의 생각은 실지로 굉장히 그리고 모든 측면에서 특징적입니다. 개인적인 측면에서도 그럴 뿐 아니라 어떤 신호로서도, 시대의 예언적 전조로서도 특징적입니다.

무엇보다 눈에 띄는 것은 톨스토이의 다른 신조들, 가령 노년의 평화주의적이고 반국가적인 신조나 민주주의적 평등사상과 철저히 모순되는 강조점, 곧 국민적 강조점입니다. 톨스토이는 러시아 민중이 자신의 개성에 맞고 외국의 정신으로부터 독립된 교육을 받을 권리가 있다고 강조합니다. 이 시기에는 아직 제대로 정신화되지 않은, 그의 근본적이고 철두철미한 러시아성은 유럽적이고 서방적이고 자유로운 교육을 받은 상류계급과 관료계급이 민중의 실제 필요에 부합하지 않는 가르침을 강요할 권리가 없다고 주장합니다. 이로써 톨스토이는 표트르 대제와 그의 작품인 유럽적이고 서방적이고 자유로운 관료계급에게 등을 돌립니다. 톨스토이의 교육 이념은 극도로 반反표트르적이고 반서방적이고 반진보적입니다. 그는 터놓고 이야기하길 교양계급은 문명과 진보 속에 민중의 행복이 있다고 보기에 민중을 제대로 가르칠 수 없다고 합니다. 톨스토이의 머릿속을 지배하는 것, 그의 입을 통해 표현되는 것은 '모스크바', 다시 말해 아시아적 특성입니다. 투르게네프와 그 동류는 톨스토이의 작품에서 보이는 아시아적 특성에 경악한 바 있지요. 이 아시아적 특성이 여기에서 교육학의 원칙이 되는 것입니다. 톨스토이의 무정부주의, 인간의 공동생활에서 유일한 합리적 토대인 무정부적 원칙에 대한 공공연한 믿음, 절대적 자유가 모든 규율을 불필요한 것으로 만든다는 신조는 그와 밀접한 관련이 있습니다. 이러한 견해는 교육학의 영역에서 아이들을 "모두 책상에서 일으키"고 그들을 억누르는 모든 의무감으로부터 해방하자는 제안으로 표현됩니다.

모든 아이들을 책상에서 일으키자는 이 표현은 톨스토이의 사회적, 정치적 견해 혹은 그보다는 무정부적,

반정치적 견해 일반을 유쾌하고 뚜렷하게 잘 보여주는 상징입니다. 톨스토이는 차르 알렉산드르 3세에게 쓴 유명한 편지에서 이런 견해를 아주 호소력 있게 개진했습니다. 차르의 아버지는 1881년 3월 1일에 살해당했고 톨스토이는 이 편지를 통해 차르가 살인범을 사면하게 만들 생각이었지요.[149] 톨스토이는 이 편지에서 황제에게 몹시 설득력 있게 논리를 펼칩니다. 편지가 효과를 보지 못했다는 점이 놀라울 정도죠. 톨스토이는 주위를 좀먹어 가는 정치적 병폐에 맞서 지금껏 적용해온 두 가지 정치 수단, 즉 첫째로 힘과 공포 그리고 둘째로 자유주의와 헌법과 의회가 결국 효과가 없음이 입증되었다고 씁니다. 하지만 정치적 성격을 띠지 않으며 적어도 이제까지 단 한 번도 시도한 적 없다는 장점을 가지는 제3의 수단이 아직 남아 있다고도 합니다. 그것은 어떤 고려나 정략적 제한 없이 신의 의지를 실현하는 것, 그러니까 사랑, 용서, 악에 선으로 보답하기, 온화

---

149. 알렉산드르 3세의 아버지 알렉산드르 2세는 러시아 제국의 후진성을 극복하기 위해 농노제를 폐지하는 등 개혁적이고 자유주의적인 정책을 펼쳤으나 혁명주의자의 폭탄 테러로 사망했다. 뒤를 이은 알렉산드르 3세는 대체로 보수적이고 전제적인 노선을 취했다.

함, 악에 대한 무저항, 자유라고요……. 한마디로 톨스토이는 "모든 아이들을 책상에서 일으키라"고 권합니다. 무정부 상태를 권하는 거죠. 폄훼하는 말이 아니라 순수하게 객관적인 의미에서, 어떤 사회적이고 교육학적인 구원의 복음이라는 의미에서요.

아주 묘하게도 이 위대한 러시아인의 이러한 무정부적 근본 사상 속에서 아시아적 특성은 —— 이 특성은 그 자체로 이미 다양한 정신적 구성요소, 즉 동양적 수동성과 종교적 정적주의 그리고 사르마티아적 야성을 향한 부인할 수 없는 경향의 혼합물이지요 —— 서유럽 혁명주의의 구성요소, 그러니까 루소와 그의 제자 페스탈로치[150]의 교육학적, 정치적 이념과 연관관계를 맺습니다. 이 이념 속에도 야성의 요소, 근원 상태로의 회귀, 요컨대 무정부적 요소가 다른 모습과 색채를 띠며 살아 있지요. 즉 우리는 여기에서 우리의 두 주인공에게 공통되는 교양 체험인 루소에 다시 이릅니다. 하지만 사실 괴테는 교육적 측면에서는 루소의 제자다운 면모를 전혀 보이지 않았으며, 페스탈로치가 선전하

---

150. 요한 하인리히 페스탈로치(Johann Heinrich Pestalozzi, 1746~ 1827). 스위스의 교육자이자 사회 비평가.

고 실천한 것과 같은 교육학적 루소주의에 대하여, 혁명적 교육의 무정부적 개인주의에 대하여 실로 격분했고 심지어 필사적으로 반발했습니다.

부아스레는 괴테가 페스탈로치식 체계에 대해 한탄을 늘어놓은 일을 이야기합니다. 괴테는 페스탈로치가 한미한 민중계급, 즉 스위스의 외딴 오두막에 살며 아이들을 학교에 보낼 형편이 안 되는 가난한 사람들만 염두에 두었던 처음의 목적과 사명에 따르면 그 체계가 훌륭했을지 모른다고 하지요. 그러나 이 체계가 최초의 요소들에서 벗어나 언어, 예술 그리고 필연적으로 **전통**을 전제로 하는 모든 지식과 능력에 적용되자마자 그것은 세상에서 가장 몹쓸 것이 된다고요……. 게다가 이 저주스러운 교육 체계는 교만을 유발한다고 하죠. 여기 학교에서 어린 소년들의 불손한 언행을 한 번만 보라고요. 이 아이들은 낯선 사람을 봐도 두려워하는 법이 없고 오히려 낯선 이를 경악에 빠뜨린다고요! 모든 존중, 인간을 서로에게 인간으로 만들어주는 모든 게 사라져버린다고요. 괴테는 부르짖습니다. "다른 사람을 존중하도록 늘 강요받지 않았더라면 나는 도대체 어떤 사람이 되었을지. 그런데 그자들은 광기와 분노에

휩싸여 모든 것을 개개인으로 환원하고 순전히 자립의
신이고자 하니 말이야! 그자들이 민중을 교육하려 하고
거친 무리와 맞서려 하지. 이 무리가 언젠가 오성의
기초적인 도구를 터득하고 나면 말이야. 바로 페스탈로
치가 그 일을 한없이 쉽게 만들었지."

전통, "인간을 서로에게 인간으로 만들어주는" 경외,
고상하고 가치 있는 공동체에 대한 자기 종속 ── 교육
주와 가깝다고 느껴지지 않습니까? 교육과 청소년 육성
에 대한 이 훌륭하고 지혜로우며, 엄격한 동시에 유쾌한
꿈을 잠시 떠올려 봅시다. 이 꿈에서 우리는 18세기의
인문성을, 〈마술피리Die Zauberflöte〉의 정신을, 자라스
트로[151]의 정신을, '친구의 손에 이끌려 선善으로 향하
는 것'[152]을 여전히 많이 느낄 수 있습니다. 하지만
그와 동시에 이 꿈에는 새롭고 대담하며 인간과 관련하
여 미래적인 요소가 아주 많습니다. 따라서 분명 톨스토
이의 교육 이념보다 덜 혁명적이라 할 수는 없지요.
물론 이 꿈에는 무정부적 이상이 완전히 결여되어 있으

---

151. 모차르트의 오페라 〈마술피리〉의 등장인물. 밤의 여왕과 맞서면서
   주인공인 왕자 타미노를 지혜와 이성의 세계로 이끈다.
152. 〈마술피리〉의 한 대목에서 따온 표현.

며 그 인간성, 인간 존엄, 문명과 교양 개념은 오히려 굉장히 엄숙한 질서와 위계, 그리고 경외, 전통, 상징, 비밀, 규율, 리듬, 그러니까 윤무적 성격의, 거의 안무적이라고 할 자유 속의 구속에 대한 또렷한 감각과 부합합니다. 그렇기에 우리는 아마도 그 개념을 톨스토이의 '책상에서 일으키기'와 반대로 가장 고상하고 가장 아름다운 의미에서 정치가답다고 할 수 있을 것입니다. 괴테가 그리는 꿈의 영역에서도 소년과 청년들은 책상에 못 박혀 있지 않습니다. 확실히 그런 모습은 볼 수 없지요. 그곳에서 교육의 토대는 페스탈로치가 원했던 바처럼 농사입니다. 모든 활동, 노동과 놀이에 노래가 함께하는 가운데 야외에서 교육이 이루어지죠. 이 교육이란 무엇보다 말 그대로 "지혜로운 남자들이 소년을 넌지시 이끌어 자기에게 맞는 일을 찾게끔 하는 것, 인간이 정해진 길에서 벗어나 자칫 빠져들기 쉬운 에움길을 단축하는 것"입니다. 즉 확실한 직업 성향은 전부 장려되고 육성됩니다. 왜냐하면 "한 가지 일을 제대로 알고 수행하는 것이 수백 가지 일에서 어중간한 것보다 수준 높은 교양을 가져다주기" 때문입니다. 하지만 만약 이 교육이 그런 이유에서 개인적이라면,

그것은 바로 그 이유에서 개인주의와 가장 거리가 멀기도 합니다. 사실이 그렇습니다. 그렇기에 교육주에서는 심지어 관습에 대해서도 존중을 요구하고 이 존중을 천재의 가장 두드러진 특징으로 보지요. 왜냐하면 천재는 바로 예술이 자연이 아닌 까닭에 예술이라 불린다는 점을 아니까요. 그리고 천재는 관습이 다름 아닌 "필수불가결한 것을 최선으로 인정하자는 훌륭한 사람들의 합의"임을 통찰하면서 관습을 존중하는 일에 아주 쉽게 적응합니다. 여기에서는 자의적인 것에 대한 전반적인 적대감이 나타납니다. 사람들은 보통 음악의 예를 들어 자의성을 옹호하려 노력하죠. "음악가가 제자에게 현을 마구잡이로 잡거나 심지어 내키는 대로 제멋대로 음정을 지어내도록 허락할까요? 여기에서 우리는 그 무엇도 학습자의 자의에 내맡겨서는 안 된다는 점을 분명히 알 수 있습니다. 학습자의 활동 영역은 명확하게 제시되어 있고 그가 다뤄야 하는 도구는 손에 쥐어져 있으며 심지어 그것을 사용하는 방법, 그러니까 손가락을 옮기는 법까지도 미리 정해져 있습니다. 한 손가락이 다른 손가락의 길을 막지 않고 다음 손가락에게 올바른 길을 터주도록 말이죠. 이렇듯 법칙적 공동 작업을 통해서만

교육
••••
223

결국 불가능한 것이 가능해집니다." 앞서 말했듯이 교육주의 지도자들이 음악을 그처럼 모범으로 제시하는 것은 우연이 아닙니다. 실제로 음악이란 인간에게 걸맞은 문화적으로 고상한 목적과 목표를 위하여 여러 가지 요소가 어우러지는 모든 "법칙적 공동 작업"의 정신적 상징이지 않습니까? 교육주에서 노래는 모든 행위와 활동을 지배합니다. 노래는 "교육의 첫 번째 단계"이며 다른 모든 것은 노래에 이어지고 노래로 매개됩니다. "아무리 단순한 즐거움, 아무리 단순한 가르침이라도 이곳에서는 노래를 통해 활기를 띠고 각인됩니다. 우리가 전하는 신앙 고백과 도덕적 신조까지도 노래의 방법으로 전달되지요." 심지어 읽기, 쓰기, 셈하기 같은 학문의 요소도 노래하기, 악보 쓰기, 음표 밑에 가사 적기, 기본적인 박자와 숫자를 관찰하는 일로부터 비롯됩니다. 요컨대 농사가 자연적 교육 요소인 것처럼 이곳에서 음악은 정신적 교육 요소입니다. "왜냐하면 음악으로부터 탄탄대로가 사방팔방으로 뻗어 나가니까요."

여기에서 또 한 명의 위대한 독일인이자 독일의 운명을 조형한 자가 우리 머릿속에 떠오릅니다. 바로 루터입니다. 루터는 교육학적 수단으로서 음악에 대하여 괴테와 아주 유사한 평가를 내렸습니다. 루터는 이렇게 말했습니다. "나는 항시 음악이 좋았다. 우리는 늘 청소년들이 이 예술에 익숙해지게끔 해야 한다. 음악은 사람을 세련되고 능숙하게 만들기 때문이다. 나는 노래할 줄 모르는 교사는 거들떠보지도 않는다." 그리고 루터의 영향 아래 있던 학교들에서는 거의 교육주만큼이나 노래를 많이 불렀습니다. 톨스토이의 학교에서 노래를 불렀는지 어땠는지는 모르겠지만요. 교육주를 둘러보는 저 편력자의 눈에는 그곳 거주자 중 누구도 "자신의 능력과 힘으로 무언가를 해내지 않으며 비밀스러운 정신이 모두에게 속속들이 생기를 불어넣어 주며 그들을 단 하나의 위대한 목표로 이끄는 듯"합니다. 그것은 음악의 정신이자 문화의 정신이자 "법칙적 공동 작업"의 정신입니다. 오로지 이것을 통해서만 결국 "불가능한 것", 다시 말해 예술작품으로서의 국가가 가능해지지요. 그것은 모든 야만과 멀리 떨어져 대립하는 정신이며 우리는 이를 가리켜 독일적 정신이라 할 수 있을 것입니다.

예의 세 단계 인사[153]가 지닌 의미, 즉 세 가지 경외가 소년들 스스로에게도 비밀로 남는 것은 이 비밀이, 숨겨진 것에 대한 존중이 교화적인 이점을 가지기 때문입니다. 부끄러움과 두려움을 강요하는 이 행위, 자기와 같은 이들과 고결하게 동지로 맺어진 젊은이가 세상을 향하여 똑바로 차려 자세를 취하는 이 행위, 경의를 표함으로써 자기 자신의 명예를 드높이는 이 행위. 고도로 정신화되고 예술적 활기로 가득한 이 모든 군사주의. 이것은 톨스토이의 합리적 급진주의, 내면의 거친 기독교와 얼마나 동떨어져 있습니까! 그런데도 이 두 위대한 작가 사이에 결정적인 면에서 아주 주목할 만한 유사성이 있다고 볼 수 있을까요?

톨스토이는 경건한 단순함에 빠진 나머지 세계를 치유하려면 사람들 스스로가 이성적이지 않다고 생각하는 모든 일을 그만두어야 한다고 말한 적이 있습니다. 즉 오늘날 온 유럽 세계에서 하고 있는 그 모든 일,

---

153. 교육주의 소년들은 감독자에게 세 가지 방식으로 인사한다. 가장 어린 소년들은 가슴 위에서 양팔을 교차한 채로 즐겁게 하늘을 바라본다. 중간 나이 소년들은 팔을 등에 대고 미소를 지으며 땅을 쳐다본다. 마지막으로 가장 나이 많은 소년들은 팔을 늘어뜨린 채 똑바로 씩씩하게 서서 고개를 오른쪽으로 돌리고 일렬로 서 있다.

가령 "죽은 언어의 문법을 가르치는 일"을 그만두어야 한다고요. 고전어 학습을 겨냥한 이 공격적 발언에서 느낄 수 있는 것, 그렇습니다, 분출되는 것은 **인문주의 문명** 자체에 대한 러시아 민족의 반발입니다. 여기에서 우리는 톨스토이의 비고전적 이교성, 고리키에 따르면 유피테르가 아니라 "황금빛 보리수 아래 단풍나무 옥좌에 앉아 있는" 러시아 신의 종족적 신성을 확인할 수 있습니다. 고전어 과목의 중요성과 긴요성에 대한 극도로 반인문주의적이고 반문학적이고 반수사학적인 견해는 톨스토이가 교육에 관해 쓴 여러 글에서 매우 우세하게 나타납니다. 그는 읽고 쓰는 일을 다루는 학과들이 결코 유럽에서 전통적으로 여겨온 것처럼 그렇게 중요하다고 여기지 않습니다. 그는 '문맹'이라는 개념에 대하여 인문주의자가 가지는 두려움을 한 치도 품은 일이 없으며, 우리 생각에 따르면 미개한 상태인 문맹을 공공연하게 옹호했습니다. 톨스토이는 말합니다. "우리는 농업에 필요한 모든 지식을 갖춘 사람들을 본다. 이들은 비록 읽을 줄도 쓸 줄도 모르지만 농업의 내적인 연관관계를 잘 파악한다. 아니면 우리는 뛰어난 지휘관, 상인, 작업반장, 기계 감독처럼 그저 생활로부터 교육을 받았으며 이 교육을 통해 지식과 명료한 사고를 풍부하게 터득했으나 읽을 줄도 쓸 줄도 모르는 사람들을 본다. 그런데 다른 한편으로는 읽고 쓸 줄 알지만 그러한 이점으로부터 아무런 새로운 지식도 터득하지 못한 이들이 있다." 그리고 톨스토이가 민중의 실제 필요와 교양계급이 이들에게 강요하는 가르침 사이에 모순이 있다고 주장할 때 그는 무엇보다도 하급학교가 상급학교에서 비롯되었다는 점을 염두에 두고 있습니다. 즉 맨 처음에 하급학교가 아닌 상급학교가, 그러니까 먼저 수도원 부속학교가 생기고 이어서 상급학교가 생긴 다음에 기초학교가 생겼으며 이는 잘못된 위계 관계라는 말이죠. 왜냐하면 국민학교가 자체의 요구에 응하는 대신 상급학교의 요구에 보다 작은 규모로만 응하는 것은 잘못이니까요. 톨스토이의 생각은 분명합니다. 그는 국민학교가 너무 문학적이며, 고전적 교육 이상에 여전히 너무 예속되어 있으며, 충분히 실용적이고 활기차지 않으며, 직업교육에 제대로 기반하지 않는다고 생각합니다. 그렇다고 해서 그가 상급학교와 대학의 정신과 체계에 더욱 찬성할 거라 생각한다면 착각일 것입니다. 톨스토이는 상급학교와 대학이 "실생활로부터 완전히 분리"되었다며 탓합니다. 그는 생활을 통한 참된 교육을 아카데미 학생들의 교육과 비교하고 전자가 직업에 충실한 남자들을 길러내는 반면 후자는 그저 "소위 대학 교육을 받은 사람들 —— 진보한, 즉 예민하고 허약한 자유주의자들"을 길러낸다고 생각합니다. 톨스토이는 "라틴어와 수사학"이 앞으로 백 년 더 존속할 것이라 예언합니다. 그보다 오래가지는 않을 거라고요. 그만큼 더 존속하는 것도 단지 "일단 약을 샀으면 먹기는 해야 하"니까 그렇다고요. 이러한 표현은 고전적 교육, 유럽의 교육 역사, 인문주의에 대한 그의 태도를 충분히 똑똑하게 보여줍니다. 그와 동시에 서구와 문명에 대한 그의 태도, 다시 말해 민중적이지 않은 것, 낯선 것, 강제된 것, 오직 교양적인 것에 대한 민족적 증오의 태도, 요컨대 표트르 대제를 향한 근원적 러시아성의 격노 또한 보여줍니다.

이제 괴테의 교육주에서 생도들이 고전어를 공부하는 곳을 찾아볼 때가 되었군요. 우리 눈을 믿고 한번 찾아봅시다! 그런데 그런 곳은 없습니다. 괴테가 교양의 수단으로서 언어 일반을 공부하는 일을 경멸하는 야만인은 아닙니다. 그는 진심으로 언어 공부를 "세상에서 가장 섬세한 일"이라 부릅니다. 그리고 가상의 생도들을 위한 문법과 어학 연습을 난폭하고 험한 임무인 말[馬] 기르기와 연결하면서 그 교화적 가치를 강조합니다. 생도들이 동물을 사육하는 과정에서 스스로 거칠어져 동물이 되지 않도록 말이죠. 하지만 여기에서 이야기하는 것은 살아 있는 언어입니다. 생도들은 다양한 나라의 언어를 번갈아 연습합니다. 라틴어와 그리스어는, 확인이 필요하지만, 교육주의 교육 과정에서 찾아볼 수 없습니다.

  뭐, 그곳의 교육 과정에는 그 밖의 여러 가지도 불명료하게 나타나긴 합니다. 그럼에도 바로 고전어 과목을 찾을 수 없다는 점은 눈에 띌 수밖에 없습니다. 괴테는 인문주의자였을까요, 아니었을까요? —— 첫째로, 옛날부터 괴테는 철학적 의미보다 넓으면서 그것과 다른 의미에서 인문주의자였습니다. 하지만 둘째로, 온갖 예술적 활기에도 불구하고 교육주의 규정 전반에서는 어떤 고상한 엄격함이 두드러집니다. 또한 괴테가 스스로를 교육자로 의식하던 시기에 빙켈만적이고 인문주의적인 교육 이상에 대해 취한 태도가, 톨스토이와 아우어바흐가 음악에 대해 취한 태도와 조금 비슷했다는 점에는 의심의 여지가 없습니다. 즉 괴테는 이 '보편 인간적' 교양 이상에 도사리고 있는 본질적 위험인 시바리스적인 면,[154] 딜레탕트적으로 방종하고 향락적인 면에 대하여 사회적으로 엄격한 태도를 취했지요. 그는 이 위험이 전문주의에 의한 협소화와 빈곤화보다 —— 후세 사람인 우리는 물론 그 참상을 잘 알지요 —— 더 위협적이라고 여깁니다. 괴테는 우리가 톨스토이에게서 확인한 것과 똑같은 반문학적 경향에 따라 어학교육에 맞서 직업교육을 옹호합니다. 그는 인간 교육이 가장 충실히 이루어지려면 제한이 필요하다는 신념을 톨스토이와 공유합니다. 이 점에서 괴테는 아주 급진적이었습니다. 『편력시대』에서 한 대변자[155]로 하여금 인문주의적이고 보편적인 교육과 "이를 위한 모든 기관"에 대하여 "웃기는 소리"라는 말을 던지도록 할 정도지요. 가혹한 말이 아닐 수 없습니다. 하지만 『편력시대』에서 괴테가 "이제부터 어떤 기술이나 수공

---

154. 시바리스는 이탈리아 남부에 위치한 고대 그리스 도시이며 사치와 향락으로 유명했다.
155. 야르노(몬탄)를 가리킨다.

업에 종사하지 않는 사람은 곤경에 처할 것이다."라고 예고할 때 이 말은 아무도 더는 이자만으로 생계를 유지할 수 없는 오늘날에 너무나도 앞을 잘 내다본 예언 같지 않습니까?

우리는 자연의 아이들이 지닌 이교성을 일차적으로 종족과 관련하여 해석하려는 우리의 경향을 숨기지 않았습니다. 괴테가 결정적인 지점에서 인문주의적, 문학적 교양을 놀라울 만큼 급진적으로 거부한다는 사실이 이러한 견해를 지지해주기에 딱 좋다는 점은 부인할 수 없습니다. 우리는 "웃기는 소리!"라는 그의 극단적인 평가가 인문주의 문명 자체에 대한 게르만 민족의 반발이라고 별 주저 없이 공언할 수 있을 것입니다. 우리는 괴테가 민중교육이 희석된 아카데미 교육이라는 망상 —— 일반적으로 생각하듯 민중의 감각과 정신 자체를 끌어올리는 대신 그것을 희석하고 모욕하고 그 품위를 훼손하는 이 망상 —— 에 톨스토이와 마찬가지로 맞서 싸웠으리라고 백 퍼센트 자신 있게 주장할 수 있습니다. 그리고 『친화력』에서 은밀하게 —— "왜냐하면 대중이 바로 조롱을 보내니까"[156] —— 반동적인 교육 비법을 제시하는 이 사람, 곧 "남자아이들은 하인으로 키우고 여자아이들은 어머니로 키우면 모든 게 잘될 것입니다."[157]라고 쓴 괴테는 "진보한, 즉 예민하고 허약한 자유주의자들"을 길러내는 데 찬성할 위인이 아니었습니다. 괴테의 교육 원칙인 체념하는 엄격성에도 예언적 감수성이 작용하지 않았던가요? 그의 시대인식 역시 "라틴어와 수사학"이 기껏해야 백 년 동안만 더 존속한다고 보지 않았던가요? 오늘날 유럽에서 벌어지고 있는 독특한 사건들은 그의 교육학 원칙이 지닌 그러한 예언적 측면을 조명하기에 아마 적합할 것입니다.

톨스토이의 나라에서 일어난 대변혁을 통해 백일하에 ── 사물의 표면을 비추는 저 환한 빛 속에 ── 드러난 모든 서구적이며 마르크스주의적인 요소에도 불구하고 우리는 볼셰비즘 변혁에서 표트르 시대, 서구적 자유화의 시대, 러시아의 유럽 시대의 종말을 봅니다. 러시아는 이 혁명과 함께 다시 동쪽으로 얼굴을 돌립니다. 차르 니콜라이[158]를 쓰러뜨린 것은 유럽의 진보

---

156. 괴테의 시 「행복한 동경(Selige Sehnsucht)」 중 한 구절.
157. 요한 볼프강 폰 괴테, 김래현 옮김, 『친화력』, 민음사, 2001, 220쪽.

이념이 아닙니다. 니콜라이 속에 있는 표트르 대제가 살해당한 것입니다. 차르의 몰락은 러시아 민족에게 유럽을 향한 길이 아닌 아시아를 향한 귀로를 열어주었습니다. 모스크바에서는 알지 못하지만 레프 톨스토이는 이 전환을 예언했지요. 그런데 정확히 이 전환의 시점 이후로 서유럽에서도 생생히 느끼고 있지 않나요? 러시아뿐 아니라 서유럽에게, 우리에게, 전 세계에게 한 시대의 종말을, 르네상스기에 태어나 프랑스 혁명으로 권력을 쥐었으며 오늘날 우리가 그 최후의 숨결과 경련을 함께하고 있는 이 지중해적이고 인문주의적이고 자유주의적 시대가 종말을 고했다는 것을요. 지중해적, 고전적, 인문주의적 전통이 인류를 아우르는 것이며 따라서 인간적이고 영원한 것인가? 혹은 그것이 한 시대, 다시 말해 시민적이고 자유주의적인 시대의 정신 형식이자 부속물일 따름이었으며 그 시대와 함께 사멸할 수 있는 것인가? 이것이 오늘날 우리에게 던져진 물음입니다.

유럽은 이 물음에 이미 답한 것처럼 보입니다. 반동자

---

158. 혁명으로 붕괴된 러시아 제국의 마지막 황제인 니콜라이 2세를 가리킨다.

유주의적 반동은 뚜렷하다 못해 노골적입니다. 이 반동은 정치적으로는 민주주의와 의회주의에 진저리를 치며 등을 돌리는 현상, 눈썹을 음울하게 찌푸린 채 독재와 공포로 전향하는 현상으로 나타납니다. 이탈리아의 파시즘은 러시아의 볼셰비즘과 정확히 짝을 이루며 고대풍의 제스처와 가장으로도 인문성에 대한 본질적 적대감은 감출 수 없습니다. 자유주의 체제의 부패가 아펜니노 반도[159]보다 현저했던 이베리아 반도에서는 똑같은 과정이 더욱 분명하게 진행되었습니다. 그곳에서는 벌써 주목할 만큼 상당한 시간 동안 군사 정권이 지속되고 있습니다. 그리고 도처에서 —— 반자유주의 경향에 따라붙는 징표이자 전쟁의 결과로서 —— 민족주의의 물결이 거세게 일고 있습니다. 각 유럽 민족의 우쭐한 자부심, 격앙된 자기 신격화는 유럽 대륙 전체의 빈궁, 퇴락과 기이한 대조를 이룹니다.

프랑스의 정신적 운명은 대단히 주목할 만하며 우리 독일인에게 직접적으로 중요합니다. 전후[160] 초기 동안에 프랑스만큼 시민적, 고전적 전통을 확고히 유지한

159. 이탈리아를 가리킨다.
160. 1차 세계대전을 가리킨다.

나라는 없는 것 같았습니다. 전쟁을 새로운 혁명이라 느끼는 것은 유럽에서 원래 보수적인 이 나라와는 거리가 먼 일로 보였으며 오히려 프랑스는 승전 이후에, 승전을 토대로 이 전쟁에서 1789년의 옛 혁명, 즉 시민혁명의 확인이자 완성 외에는 아무것도 보지 않으려 작정한 것 같았지요. 조금 전에 우리가 시사한 물음에 대하여 프랑스는 태연하게 반어적으로 답했습니다. 만일 독일이 종말을 꿈꾼다면 아무렴 그러라 하라고요. 프랑스는 고전적 전통 속에서 아주 평안하다고요. 저는 여러 나라에서 온 대표들이 생각을 교환하는 자리에서 이 일을 화제에 올리려 한 적이 있는데 그때 파리 정부 기관지의 한 기고가가 제게 준 대답을 잊을 수 없습니다. 그러니까 프랑스는 늘 확고하게 합리주의적이고 고전적이었으며solidement rationaliste et classique 앞으로도 항상 그럴 거라고요.

하지만 그것은 그저 공식적인, 즉 시민적이고 보수적인 프랑스의 목소리일 뿐이었으며 은밀하게 생동하는 프랑스, 보다 고상하고 정신적이며 젊은 프랑스의 목소리가 아니었습니다. 당시 프랑스에서는 레몽 푸앵카레[161]가 정권을 잡고 있었지요. 독일 사람들이 증오하는 정치가일 뿐 아니라 아마 과대평가하는 정치가이기도 할 이 사람은 하지만 정신적 대표자로서 중요하다고할 수 있습니다. 그는 시민적이고 고전적인 프랑스와라틴 문명의 지배 이념을 정치적으로 대표하니까요.이 사람은 개인적이고 정신적, 정치적인 측면에서 가슴속에 하나의 커다란 증오를 품고 있습니다. 그는 이증오의 대상을 기껏해야 '공산주의'라는 이름으로밖에부를 줄 모릅니다. 하지만 푸앵카레가 '공산주의'라부르는 것은 다름이 아니라 그의 시민적, 고전적, 구혁명적 프랑스에서 진행되고 있는 침식이자, 외부로부터유입되어 젊은이들의 피 속을 돌아다니는 정신적 효소에 의한 라틴 문명 사상의 분해입니다. 그것은 새롭고반反시민적이고 정신적, 프롤레타리아적인 혁명입니다. 푸앵카레를 실각시키고 그 자리에 사회주의자[162]를

161. 레몽 푸앵카레(Raymond Poincaré, 1860~1934). 프랑스의 정치가로 대통령, 총리 등을 역임했다. 1차 세계대전 전후에 대독강경정책을 취했다. 1922년부터 총리 겸 외무장관으로 재직했으나1924년 사임했다(이후 1926년에 다시 총리가 됨). 1923년에는전쟁 배상금 문제로 독일의 루르 지방을 점령하기도 했다.
162. 에두아르 에리오(Édouard Herriot, 1872~1957)를 가리킨다.프랑스 급진사회당의 당수였으며 1924년에 선거에서 승리하고내각총리 겸 외무장관이 되었다.

앉힌 선거에서 우리는 이 혁명의 외면상의 정치적 표현을 볼 수 있습니다. 독일에서는 이 후임자, 에리오가 권력을 유지하는 경우 푸앵카레 정부의 작품인 철저히 보수적이고 인문주의적인 교육 입법을 그대로 놔둘 거라고는 생각지 않습니다. 어떤 문화적 사안, 교육의 문제가 정치 강령에서 핵심 항목으로 여겨질 수 있다는 점이 특별히 눈에 띕니다.

분명 프랑스도 '종말을 꿈꾸기' 시작하고 있습니다. 프랑스가 전통 속에서 누리는 평안함은 점차 실로 의심스러워지고 있습니다. 우리 독일인들은 프랑스를 지배하는 변화된 분위기가 우리의 숨통을 틔워 줄 것이라 기대할 만하다고 믿습니다. 왜냐하면 프랑스에서는 영원한 인류의 사업으로서 라틴 문명의 절대적 우위와 세계 지배 사명에 대한 확신이 민족주의와 인문주의적 문화 경향의 바탕을 이루는 한, 이 두 가지가 동시에 나타나니까요. 하지만 지금 우리는 유럽의 공동체 정신을, 그리고 문화적으로 이제 확실히 라틴적이지 않고, 신혁명적이며, '공산주의적'인 프랑스 쪽에서 오히려, 비록 제한적이나마, 독일과 소통할 용의가 있다는 점을 확인할 수 있으니까요. 즉 시민적이고 보수적인 프랑스

의 인사인 푸앵카레는 '공산주의'에 대한 증오 외에
또 하나의 역시 본원적인 증오, 하지만 기본적으로는
동일한 증오를 가슴속에 품고 있습니다. 그것은 바로
독일에 대한 증오, 곧 야만에 대한 증오입니다. 푸앵카
레는 라인 강변에 문명의 로마 국경limes romanus을
세우고 독일을, 이 나라가 라틴 문명 이념에 복속하려
들지 않는 한 그리고 복속하지 못하는 한, 기꺼이 스키타
이 황야로 내치기를 원하는 사람입니다. 그는 자기가
본래 확고한 의지를 가지고 무자비하게 게르마니아를
괴롭히는 사람임을 여러 해에 걸쳐 입증해 보였습니다.
이와 반대로 프랑스에서 더는 시민적이고 인문주의적
이지 않은 사회주의가 권력을 쥔 순간 보다 유화적인
방법들이 적용되었고 독일에 가해지는 압박이 줄어들
었지요.

　이제 독일을 살펴보자면, 서방에서 일어나는 이런
현상들에 직면하여 독일은 특이하고 복잡한 상황에
처해 있습니다. 이 상황을 분명하게 직관하고 인식하는
것은 우리 독일인 자신과 세계에 아주 중요한 일입니다.
그러니까 독일에서도 인문주의 진영과 (말하자면) '공
산주의' 진영의 대립이 있습니다. 단 차이라면 독일에서

는 민족주의적 집착이 프랑스처럼 인문주의 진영이 아니라 (말하자면) '공산주의 진영'에서 나타난다는 점입니다. 이로부터 우리는 두 민족이 문화적으로 똑같은 일을 할 때 그것은 똑같은 일이 아니라는 교훈, 동일한 정신적 경향을 추구하는 것이 경우에 따라서는 두 민족의 정치적 친목을 장려하는 데 가장 부적절한 수단이라는 교훈을 이끌어낼 수 있습니다.

우리는 여기에서 독일 파시즘과 그 기원을 두고, 그 기원을 완전히 해명할 수 있는지를 두고 이러쿵저러쿵 여러 말을 할 필요가 없습니다. 여기에서는 종족적 종교로서 독일 파시즘이 국제적인 유대교뿐 아니라 명시적으로 기독교 —— 인류에게 영향을 미치는 힘으로서 —— 또한 싫어하며 그 사제들이 우리 고전문학의 인문주의에 대하여 더 우호적인 태도를 취하지는 않는다는 점을 확인하는 것으로 족합니다. 독일 파시즘은 민족적 이교이자 보탄[163] 숭배이며, 적대적인 표현을 쓰자면(그리고 우리는 적대적인 뜻을 표현하고 싶습니다) 낭만적 야만입니다. 이 파시즘은 문화 및 교육

---

163. 게르만족의 최고 신. 북유럽 신화의 '오딘'에 해당한다.

영역에서 독일의 원초적 본질을 위하여 인문 학예와 고전적 교육을 밀어내려 노력할 때만 일관성을 보입니다. 그리고 독일 파시즘은 이로써 자신이 시민 시대 이후 프랑스의 반反라틴주의와 얼마나 불행한 짝을 이루는지, 자신이 공산주의의 천적인 푸앵카레를 얼마나 도와주고 있는지 알지 못하거나 혹은 알려 들지 않습니다. 오늘날 독일에서 이교를 행하고, 하지 축제와 오딘 예배에 가고, 민족주의적 야만인처럼 행동하는 것은 라인 강변에 서양문명의 흉벽을 세우기 바라는 저 프랑스 문명국의 애국자들에게 완전한 정당성을 부여하는 행위입니다. 또한 그것은 프랑스에서 라틴성과 야만을 덜 깔끔하게 구분하고 독일과의 평화, 소통, 타협, 신사협정을 중요시하는 이들의 입장을 위태롭게하는 가장 어리석은 행위입니다.

동일한 정신적 경향을 추구하는 것이 두 민족의 정치적 친목을 장려하는 데 있어 때로는 가장 그릇된 수단이라 말했을 때 우리는 이 점을 염두에 둔 것입니다. 지금 독일은 반인문주의적으로 행동할 때가 아닙니다. 톨스토이의 교육학적 볼셰비즘을 모범으로 삼을 때가 아닙니다. 보편 인간적 교양 이상의 향략욕에 대한 괴테의 엄격성, 체념과 제한을 향한 그의 의지를 종족적 야만성으로 해석할 때가 아닙니다. 반대로 지금은 우리의 위대한 인문 전통을 힘주어 강조하고 중점적으로 장려할 때입니다. 전통 자체를 위해서뿐만 아니라 그로써 '라틴 문명' 측의 요구를 정말 명백히 부당한 것으로 만들기 위해서도요. 특히 우리의 사회주의, 정신적 측면에서 너무도 오랫동안 저급한 경제 유물론에 매몰되었던 우리의 사회주의에 무엇보다 꼭 필요한 것은 늘 "그리스인들의 나라를 간절히 추구"[164]한 저 고상한 독일성과의 접점을 찾는 일입니다. 오늘날 사회주의는 정치적 견지에서 우리에게 진정한 국민 정당입니다. 그러나 우리의 사회주의는 극단적으로 표현하자면 카를 마르크스가 프리드리히 횔덜린을 읽기 전에는 그 국민적 과업을 실로 감당할 수 없을 것입니다. 그 만남은 이제 막 이루어지려는 듯 보입니다.

---

164. 「이피게니에」 1막 1장 중.

마지막 단상

　결정이란 좋은 것입니다. 하지만 정말로 유익하고 생산적이며 따라서 예술적인 원칙을 우리는 유보라 부릅니다. 우리는 음악에서 계류음의 고통스러운 희열로서, 즉 '아직 아니'라는 우울한 희롱이자 영혼의 절실한 망설임으로서 유보를 사랑합니다. 이 망설임은 자기 안에 충족, 해소, 조화를 지니면서도 잠시 동안 그것을 거부하고 미루고 내주지 않으며 황홀경에 빠져 조금 더 지체하다가 결국 항복하고 말지요. 우리는 정신적인 면에서는 아이러니로서 유보를 사랑합니다. 진심이 없지는 않으나 교활하고 애매한 태도로 대립관계 속에서 유희하며 한쪽을 편들거나 결정을 내리기를 특별히 서두르지 않는, 양쪽을 향한 아이러니로서 유보를 사랑합니다. 큰 문제, 인간의 문제를 다룰 때는 모든 결정이 성급하고 예비적인 성격을 띨 수밖에 없을 거라고, 결정이 아니라 조화가 목표라고, 그리고 이 조화는, 만약 대립이 영원한 것이라면, 무한 속에 존재할 것이며 아이러니라 일컫은 저 유희적인 유보는 계류음이 해소를 지니듯 자기 안에 조화를 지닌다고 추측하면서 말이죠. 앞서 우리는 이 '무한한' 아이러니를 입증했습니다. 여러분은 이 아이러니가 어느 쪽을 향해 애정 어린 시선을 보냈는지, 불후의 대립에서 어느 쪽을 신랄한 비판의 표적으로 삼았는지 판단하고 그로부터 각자의 결론을 이끌어내도 좋습니다. 단, 너무 멀리 나가면 안 됩니다!

아이러니는 중용의 파토스입니다⋯⋯. 아이러니는 중용의 도덕이자 중용의 에토스이기도 합니다. 우리는 고귀함의 문제 ── 우리의 고찰에서 일정 역할을 한 복합적인 가치 대립체계 전체를 이 표현으로 요약하자면 ── 를 성급하게 결정하는 것이 일반적으로 독일적 방식이 아니라고 했습니다. 이 중간의 민족이자 세계시민적 민족에게는 그가 놓인 상황의 파토스 그리고 그 상황의 도덕이 어울립니다. 듣기로 히브리어에서 인식과 통찰은 '중간'과 어근이 같다지요.

고귀함의 문제, 귀족성의 문제를 제일 열심히 숙고한 저 독일 작가[165]는 당돌한 문헌학을 펼쳤습니다. 독일 deutsche 민족의 이름을 'tiusche', 즉 '기만하는Täusche 민족'에서 이끌어내려 한 것입니다.[166] 하지만 아주 재기 넘치는 이론이죠. 시민적 세계의 중앙에 정주하는 이 민족은 기만하는 민족이자 양쪽을 향해 아이러니한 유보의 태도를 취하는 교활한 민족입니다. 이 민족의 정신은 애매한 진심을 가지고 대립관계 속에서 유희합니다. 도덕을 가지고, 아니, 기만하는 '중간'의 경건함을 가지고, 인식과 통찰 그리고 세계시민적 교양에 대한 믿음을 가지고요.

중용의 유익한 어려움이여, 너는 자유이자 유보이니! 그런데도 '비구속 방침'이 우리를 실제적인 불행에

---

165. 니체를 가리킨다.

166. 『선악의 저편(*Jenseits von Gut und Böse*)』 244절 참조(프리드리히 니체, 김정현 옮김, 『선악의 저편·도덕의 계보』, 책세상, 2002, 244~245쪽).

빠뜨렸다는 소리를 해보라지요! 실제란 말은 의심스럽습니다. 불행이란 말 자체도 굉장히 의심스럽고요. 장담컨대 이 불행은 우리를 위해서 우리에게 닥쳐왔고, 우리는 '행복'을 추구할 때와는 절대 비교가 안 되는 심오한 방식으로 이 불행을 추구했습니다. 또 실패를 받드는 것이 성공을 받드는 것보다 고상한 일도 아닙니다. 오직 실패를 숭배하는 태도만이 이 정신적 방침이 정당한 것이고 신성하게 주어진 것이라는 우리의 믿음을 흔들 수 있을 것입니다. 비구속 방침의 자유를 향한 욕구와 아이러니한 유보는 그 자체의 의미와 목표가 아니라 최종적인 종합과 조화, 즉 인간 자신의 순수 이념에 봉사합니다.

감상적 동경의 상호성(왜냐하면 이미 살펴보았듯 '정신'만 감상적인 것은 아니니까요), 다시 말해 자연을 향한 정신의 아들들의 노력과 정신을 향한 자연의 아이들의 노력은 인류의 목표로서 보다 높은 통일성을 가리킵니다. 참으로 모든 노력의 최고 담지자인 인류는 이 목표에 자기 자신의 이름을, 후마니타스라는 이름을 붙입니다. 세계시민적이며 중용적인 민족인 독일인의 유보로 충만한 자기 보존본능이야말로 진짜 민족주의입니다. 왜냐하면 우리는 여러 민족의 자유를 향한 욕망, 그들의 자기 노력, 그들의 자기 탐색과 자기완성을 향한 추구를 민족주의라 부르니까요. 아마 예술가도 자신이 오로지 돌덩이에서 자기 작품을, 자기 자신만의 꿈을 끄집어내는 일에만 신경을 쓴다고 굳게 믿으며 근심이 가득할 것입니다. 그러나 감동적이고도 가장 장엄한 순간이 오면 그는 자신의 신들린 상태가 보다 순수한 곳에서 기원했다는 사실을, 자신이 보다 숭고한 형상을 끌로 파냈다는 사실을 알게 될 것입니다.

민족과 인류. 동물적인 것이 인간-동물과 인간-신을 포함한다고 말한 사람, 그는 동방의 인물이었습니다. 그는 괴테, 니체, 휘트먼[167]처럼 새로운 경건함의 서서히 떠오르는 빛을 오래전에 들여다본 예고자 중 하나였습니다. 그 사람은 바로 드미트리 메레시콥스키입니다. 그는 동물-신성의 본질을 인류가 아직 거의 이해하지 못했다고, 하지만 일단 이 동물-신성이 신-인간과 하나가 되면 언젠가 인간 종족에게 구원을 가져다줄 것이라고 했습니다. 이 '언젠가', 더 이상 기독교도

---

167. 월트 휘트먼(Walt Whitman, 1819~1892). 19세기 미국의 시인.

아니고 또다시 이교도 아닌 이 구원 이념은 고귀함의 문제에 대한 해결책을 안에 지니고 있습니다. 또 마지막 가치 문제에 대한 모든 아이러니한 유보를 정당화해 줍니다. 그렇습니다, 신성화해 줍니다.

우리는 위대한 자연이자 조형가들, 강한 동물-신성을 지녔던 신의 아이들을 두고 민족, 존재, 평온함, 여성 같은 주제를 스스럼없이 다뤘습니다. 그리고 그들이 고백하는 자기 충만감을 세계정신이 교육학적 충동 속에서 재치 있게 인간화하는 모습을 즐거이 바라보았습니다. 우리는 그 격정적인 상대자들, 행동하는 자들이자 정신의 아들들이자 성스러운 병자들의 신인적神人的 영역은 보다 조심스럽게 건드렸습니다. 저 러시아인이 말한 사실, 즉 동물-신성을 인류가 아직 거의 이해하지 못했다는 사실에 힘입어 우리는 하나의 이론을 세워볼 수 있을 것입니다. 즉 기본적으로 "자기 자신 외에는 아무도 사랑할 수 없는" 이들에게 아이러니하게도 더 큰 은총이 주어졌다고요. 하지만 두 숭고한 유형 중 어느 쪽이 완전한 인문성의 최고로 사랑받는 상像에 으뜸가는 공헌을 하도록 부름받았는지 결정하는 사람은 아무도 없다는 것, 이 점을 우리는 잘 압니다.

『괴테와 톨스토이』에 대하여

토마스 만은 1921년 고향 뤼베크에서 "독일-스칸디나비아 관계의 장려와 강화"를 위한 '노르딕 주간' 행사의 일환으로 강연을 해달라는 요청을 받고 같은 해 9월에 '괴테와 톨스토이'를 주제로 강연을 했다. 강연의 원고는 나중에 수정과 보충을 거쳐 1925년에 토마스 만의 에세이집 『노력들*Bemühungen*』에 수록되었다. 본 번역서는 이 에세이판을 원전으로 삼았다.

프리드리히 실러는 유명한 논문 「소박 문학과 감상 문학에 대하여」에서 자연과의 일치 속에서 현실을 모사하는 이른바 '소박 문학'과 자연과 분리된 상태에서 사색을 통해 이념을 표현하는 '감상 문학'이라는 이 두 갈래의 문학 경향을 제시했다. 간단히 압축하자면 '자연적' 문학과 '정신적' 문학이라고도 할 수 있겠다. 실러는 이러한 분류를 바탕으로 괴테를 소박한 작가로, 자신을 감상적 작가로 특징지었다. 러시아 문학에도 유사한 대립쌍이 존재한다. 이 책에서도 잠시 언급되듯 러시아 비평가 드미트리 메레시콥스키는 『톨스토이와 도스토옙스키』에서 '육체의 관찰자'인 톨스토이와 '영혼의 환시자'인 도스토옙스키를 대비한 바 있다. 여기까지는 익숙한 이야기이다. 그런데 흥미롭게도 토마스 만은 '괴테와 실러', '톨스토이와 도스토옙스키' 이 두 쌍에서 '괴테와 톨스토이', '실러와 도스토옙스키'를 새로운 쌍으로 묶고 각각 '자연의 아들들', '정신의 아들들'이란 호칭을 부여한다. 그중 자연의 아들들, 즉 '괴테와 톨스토이'가 이 에세이의 제목이자 주제이다. 그렇다면 토마스 만은 이 생경한 조합을 가지고 도대체 무엇을 이야기하려 하는 것일까?

그 실마리는 에세이의 부제에서 찾을 수 있다. '인문성의 문제에 대한 단편들.' 토마스 만은 괴테와 톨스토이를 통해 인문성(휴머니티), 다시 말해 인간답고 고귀한 문화의 문제를 다룬다. 자연은 엄청난 생명력과 구체성을 가지지만 그 자체로는 거칠고 야만적이다. 정신 역시 무한한 창조력과 가능성을 가지지만 그 자체로는 형태가 없고 공허하다. 그리하여 자연의 아들들과 정신의 아들들은 자신의 한계를 인식하고 각각 반대편을 동경하며 서로를 향해 나아가려 노력한다. 이 노력 자체, 이 운동 속에서 토마스 만은 진정한 인간과 문화를 본다.

성신과 자연이 동경에 부풀어 서로를 향해 가는 길에서 이루어지는 고차원적 만남, 이것이 바로 인간입니다.

이렇게 보면 자연의 아들들과 정신의 아들들의 예술적 작업은 하나의 궁극적인 목표에 도달하기 위한 반대 방향의 두 가지 길이자 방식이라 할 수 있다. 이때 어느 쪽이 더 바람직하고 우월한 것이냐를 두고 가치 판단이 가능할 텐데 토마스 만은 특유의 아이러니한 태도로 청자(독자) 각자에게 판단을 맡긴다.

토마스 만은 이 에세이에서 정신을 향한 자연의

아들들의 노력을 다루면서 여러 일화와 증언을 통해 괴테와 톨스토이의 공통점과 차이점을 보여준다. 괴테와 톨스토이에게는 자연과의 일체성, 육체에 대한 흥미, 신과 같은 면모, 고백적이고 자서전적인 작품 경향, 교육에 대한 지대한 관심 등 유사한 점이 많다. 그러나 토마스 만에 따르면 괴테는 자신의 자연성을 바탕으로 절제와 체념을 통해 보다 높은 차원의 문화에 이른 반면, 톨스토이는 자신의 자연성을 부정하고 극단적인 기독교와 도덕주의에 경도된 까닭에 괴테와 같은 경지에 이르지 못한다. 결국 토마스 만이 자신의 문학적 모범이자, 더 나아가 인문성의 이상적 전범으로 삼는 것은 괴테이다.

『괴테와 톨스토이』는 1920년대 당시의 사회 정치적 상황과 긴밀히 결부된 텍스트이기도 하다. 원래 토마스 만은 독일 교양 시민계급의 대표자로서 문학과 예술의 정치화를 반대하고 서구의 문명에 맞서 독일의 독자적 문화를 강조하는 등 보수적이고 반민주주의적인 성향을 가지고 있었다. 그리하여 1차 세계대전 때는 전쟁을 지지하고 빌헬름 2세 체제를 옹호하며 국수주의자의 면모를 보였고, 현실 참여적이고 진보적인 작가인 형 하인리히

만과 격렬한 논쟁을 벌인 끝에 에세이 『한 비정치적 인간의 고찰Betrachtungen eines Unpolitischen』을 쓰기도 했다. 하지만 전쟁은 독일의 패배로 끝났고 전후 바이마르 공화국의 혼란스러운 정세 속에서 히틀러의 국가사회주의독일노동자당이 세를 불려 나가는 등 파시즘이 발흥한다. 이러한 상황에서 1922년경부터 토마스 만의 정치적 견해는 서구식 민주주의와 공화주의로 기울기 시작한다. 『괴테와 톨스토이』의 뒷부분에서 우리는 토마스 만의 변화한 입장을 엿볼 수 있다. 토마스 만은 훗날 나치 독일에서 벌어질 일을 예견하듯 야만적 파시즘의 대두를 경계하면서 그에 맞서려면 "카를 마르크스가 프리드리히 횔덜린을 읽"어야 한다고, 다시 말해 독일의 인문적 전통을 새로이 강조해야 한다고 주창한다. 그 중심에는 물론 괴테가 있다. 그리고 십수 년 뒤 히틀러 치하의 독일을 떠나 망명 중이던 토마스 만은 소설 『로테, 바이마르에 오다Lotte in Weimar』를 발표함으로써 나치 체제를 비판하고 괴테로 대표되는 진정한 독일 정신을 다시금 강조하게 된다.

　　사실 『괴테와 톨스토이』에서 토마스 만의 초점은

괴테에게 맞춰져 있지만 독문학을 공부한 옮긴이로서
는 오히려 톨스토이를 다룬 부분에 더 많은 관심이
갔다는 점을 고백하는 바이다. 괴테에 대해서는 여러
사전 정보가 있었지만 부끄럽게도 톨스토이에 관해서
는 아는 게 없다고 해도 과언이 아니었기 때문이다.
결국 이 책을 번역하는 과정에서 자의 반 타의 반
톨스토이의 작품들을 대부분 읽게 되었고 그 매력에
푹 빠졌다. 또 토마스 만은 톨스토이 이야기를 할 때
주로 막심 고리키의 증언을 인용하는데(『톨스토이에
대한 회상』) 뛰어난 관찰자인 고리키의 묘사 역시 백미
이다.

관심 있는 독자를 위하여 '더 읽을거리'에 번역 과정
에서 참고한 자료를 정리해 두었다. 톨스토이와 괴테의
작품과 문학세계를 더욱 이해하는 데 도움이 되었으면
한다. 마지막으로 책이 나오기까지 수고해주신 도서출
판 b 여러분들께 감사의 인사를 드린다.

더 읽을거리

- 괴테, 윤도중 옮김, 『괴테 고전주의 대표희곡선집』, 집문당, 1996.
- 괴테, 전영애 옮김, 『괴테 시 전집』, 민음사, 2009.
- 괴테, 전영애·최민숙 옮김, 『괴테 자서전: 시와 진실』, 민음사, 2009.
- 괴테, 안삼환 옮김, 『빌헬름 마이스터의 수업시대 1~2』, 민음사, 1999.
- 괴테, 김숙희 옮김, 『빌헬름 마이스터의 편력시대 1~2』, 민음사, 1999.
- 괴테, 김용민 옮김, 『서동 시집』, 민음사, 2007.
- 괴테, 박찬기·이봉무·주경순 옮김, 『이탈리아 기행 1~2』, 민음사, 2004.
- 괴테, 정용환 옮김, 『예술론』, 민음사, 2008.
- 괴테, 김래현 옮김, 『친화력』, 민음사, 2001.
- 괴테, 강두식 옮김, 『파우스트』, 누멘, 2010.
- 요한 페터 에커만, 곽복록 옮김, 『괴테와의 대화』, 동서문화동판, 2007.
- 한국괴테학회, 『괴테사전』, 한국외국어대학교출판부 지식출판원, 2016.
- 톨스토이, 최진희 옮김, 『유년 시절·소년 시절·청년 시절』, 펭귄클래식코리아, 2013.
- 톨스토이, 이기주 옮김, 『크로이체르 소나타』, 펭귄클래식코리아, 2008.
- 톨스토이, 이영범 옮김, 『참회록』, 지만지, 2010.
- 톨스토이, 박형규 옮김, 『안나 카레니나 1~3』, 문학동네, 2009~2010.
- 톨스토이, 연진희 옮김, 『전쟁과 평화 1~4』, 민음사, 2018.
- 톨스토이, 김성일 외 옮김, 『톨스토이 중단편선 1~4』, 작가정신, 2010~2011.
- 톨스토이, 이철 옮김, 『예술이란 무엇인가』, 범우사, 1998.
- 톨스토이, 백정국 옮김, 『톨스토이가 싫어한 셰익스피어』, 동인, 2014.
- 슈테판 츠바이크, 나누리 옮김, 『츠바이크가 본 카사노바, 스탕달, 톨스토이』, 필맥, 2005.
- 막심 고리키, 한은경·강완구 옮김, 『톨스토이와 거닌 날들』, 우물이있는집, 2002.

괴테와 톨스토이

초판 1쇄 발행 2019년 7월 10일

지은이 토마스 만 | **옮긴이** 신동화 | **펴낸이** 조기조
펴낸곳 도서출판 b | **등록** 2003년 2월 24일 제2006-000054호
주소 08772 서울특별시 관악구 난곡로 288 남진빌딩 302호
전화 02-6293-7070(대) | **팩시밀리** 02-6293-8080
홈페이지 b-book.co.kr | **이메일** bbooks@naver.com

ISBN 979-11-89898-01-4 03850
값 14,000원

* 이 책 내용의 일부 또는 전부를 재사용하려면 도서출판 b의 동의를
  얻어야 합니다.
* 잘못된 책은 구입하신 서점에서 교환해드립니다.